Verfolgung / Wahn

Angst & Schrecken - Leben & Sterben

Schwarzwald-Psycho-Rallye

Anmerkung zur Druckfassung:

Die **geheimen Tagebuchaufzeichnungen** aus den Jahren 1986 / ´87 dieses autistisch-neurotischen Anwalts sind in zwei große Teile zu je acht Kapitel gegliedert.

Um **maximale Authentizität** zu wahren, ist das ursprüngliche Layout nur minimal an moderne Lesegewohnheiten angeglichen.

Stilistische und grammatikalische Eigenheiten des autobiographischen Quellentextes wurden ebenso wie die Zeichensetzung und die damalige Rechtschreibung originalgetreu übernommen.

Ergänzend wurden über sechzig erläuternde Fußnoten eingepflegt.

Der **Service-Anhang** enthält eine Diskographie, Personen-, Sach- sowie Ortsregister.

Aaron Aviv: ausgezeichneter Autor.

Percy Buchprofy: Ghostwriter & Grenzgängerliteraturmacher.

Verfolgung / Wahn

Angst & Schrecken - Leben & Sterben
Irre Schwarzwald-Psycho-Rallye 86

Aaron Aviv

Bibliografische Information der
Deutschen Nationalbibliothek:
Die Deutsche Nationalbibliothek
verzeichnet diese Publikation in der
Deutschen Nationalbibliografie;
detaillierte bibliografische Daten sind
im Internet über http://dnb.dnb.de
abrufbar.

1. Auflage
copyright 2020: Aaron Aviv
1 Buchprofy-Buch

Herstellung und Verlag:
BoD - Books on Demand, Norderstedt
ISBN: 9783751953771

Präambel anstatt eines Vorworts

Wenn Sie diese Tagebucheinträge,

die zum Zeitpunkt des Verfassens

allein für meine Augen bestimmt sind,

teilweise oder als Gesamtheit

im Original oder als Ablichtung

in Händen halten und lesen können,

bin ich inzwischen, wahlweise

entweder berühmter Schriftsteller -

oder eher einfach nur bereits tot;

oder: Sie sind entweder Dieb, Hehler

oder unredlicher Finder, auf Recherche

nach verborgenen Botschaften in diesen

vermeintlich banalen Belanglosigkeiten.

Baden-Baden, Café König,

im Oktober 1986

XXX

Inhaltsübersicht

Teil A:
Angst & Schrecken

§0	Motive	11
§1	31. Oktober '86	13
§2	01. November '86	33
§3	02. November '86	46
§4	05. November '86	56
§5	09. November '86	63
§6	19. November '86	81
§7	30. November '86	...111
§8	20. Dezember '86	...118

Teil B:
Leben & Sterben

§9	21. Dezember '86	...125
§10	30. Dezember '86	...135
§11	01. Januar '87	...139
§12	18. Januar '87	...143
§13	25. Januar '87	...148
§14	11. März '87	...165
§15	20. Juni '87	...177
§16	25. August '87	...189

Service-Anhang	...204
Diskographie	...205
Personenregister	...206
Sachregister	...208
Ortsregister	...211

TEIL

A

ANGST

& SCHRECKEN

§ 0

Motive

Vierzig Jahre! Mein bevorstehender runder Geburtstag treibt mich überaus erbarmungslos dazu an, alles intensiver zu reflektieren. Will die Tage nicht länger unaufhaltsam vorbeirauschen lassen. Deshalb: Notizen notwendig!

Erstens für mich persönlich, als gnadenlos ehrliche Erinnerungsstütze;

zweitens, um meine grauen Gedanken etwas präziser und aufgeräumter zu denken, damit hoffentlich künftige Erkenntnisgewinne sauber strukturiert werden;

drittens, um meinem kläglichen Wortschatz nicht länger beim allmählichen Verstauben und Verkümmern zuhören zu müssen;

viertens, vor allem als buchstäbliche

kleine Vor- und Fingerübung, *l´art pour
l´art*, um mich außerhalb meines alltäglichen spießig-trockenen Anwaltsdeutschs
an das unjuristische freie Formulieren
zu gewöhnen.

Denn ich habe die feste Absicht, endlich meine langgehegte Idee umzusetzen:

Meinen Debütroman zu schreiben.

§ 1

BB[1], Freitag, 31. Oktober 86

Reformationstag

Die drallbusige Barkeeperin Evelyn mit
den kastanienbraunen, rückenlangen, lus-
tigen Naturlocken – ohne Frage keine
Dauerwelle – hat heute wieder Schicht.
Sie ist überhaupt nicht hübsch, aber die
schwarzen Augen sind so lebhaft, daß sie
manchmal sehr attraktiv wirkt. E[2] serviert ihm Gin Tonic mit leicht salzigen
Eiswürfeln. Mir O-Saft. O-Saft! Ohne
Campari. Ohne Wodka. Eh. Ohne gar nix.
Immerhin stammt der Orangensaft nicht
von Hitchcock oder Valensina. Stolz darauf, daß ich immer noch nicht trinke!
Noch zwei Monate, und ich habe mein erstes komplettes Jahr ohne Alkohol *voll*.

---

1 Baden-Baden
2 Evelyn

13

Schon jetzt wären zehn volle, trockene Monate ein guter Grund zu Feiern.

Feiern ist nicht mein Hobby. Hobby ist die Recherche. Menschenmengen und Geselligkeiten meide ich, wo immer es mit sozial adäquaten Ausreden vertretbar ist. Brauche feste Strukturen und klare Regeln. Spontanes Improvisieren mißlingt so oft. Da helfen im Voraus festgelegte Verfahren im alltäglichen Leben ungemein. Wie ich die Systematik der förmlichen ZPO[3], VwGO[4] und StPO[5] liebe!

Das Casino Baden-Baden ist meine große Ausnahme vom vorgenannten Grundsatz. Ein halbdunkler Rückzugsort, unter Menschen, dabei dennoch halbprivat. Ohne Erwartungen. Abschalten. Untertauchen. Stilles Beobachten. Nicht zum Spielen. Und nach meiner Läuterung[6] nicht mehr zum Rotweinkonsum.

Mit noch zu entschuldigender läßlicher

---

3 Zivilprozeßordnung
4 Verwaltungsgerichtsordnung
5 Strafprozeßordnung
6 Entziehung meiner Fahrerlaubnis 1985

Verspätung schreibe ich nachträglich am zweiten November diesen Tagebucheintrag. Schnell den Freitag abhandeln, nachdem ich gestern gewissenhaft zunächst den Samstag tagesgetreu in die hellgrau-elfenbein, beinahe taxibeigen Tasten meines Commodore PC20 getippt habe. Das erscheint mir immerhin eine halbwegs sinnvolle Privatnutzung des professionellen Computers. Zum heutigen Sonntag schaffe ich dann vielleicht den zurück-gebliebenen Montag. Werde mir morgen den Schneider Vierundzwanzig-Nadeldrucker aus dem Sonderangebot kaufen. Dann habe ich die korrekte Ausrüstung vollständig und meinen kompletten Text nicht mehr bloß unzweckmäßig hellgrün auf dunkel-grün auf dem Bildschirm blinkend.

Außerdem kann ich die ausgedruckten Seiten, so wie von *Schönfelder* und *Sartorius* gewohnt, bequem an die vorge-sehenen Stellen meiner eigenen, exklusiv vertraulichen, nichtamtlichen Loseblattsammlung einheften.

Seit ein paar Tagen hat sich der goldene Herbst aus dem Staub gemacht. Der auffrischende Wind zerstört, Morgen für Morgen, mit kräftigen Wirbeln den dichten rötlich-gelb-braunen Teppich, der in der Nacht von unsichtbarer Hand aus heruntergefallenen Ahornblättern in meiner kleinbürgerlichen Straße gewebt wurde. Zwanzig Grad werden es dieses Jahr eher nicht mehr. Soviel scheint ausgemachte Sache.

Ausgemacht ist auch, daß aus mir kein brillanter Poet mehr wird. Alle Worte, die mir im Kopf noch interessant und geistreich erscheinen, lesen sich nach ihrem Umweg über Finger, Tastatur, Speicher, Grafikkarte und Bildschirm wortwörtlich nur noch schaurig und traurig. Immerhin, in meinen Augen, und bei Licht betrachtet, übersteigt der literarische Wert von Ian Flemings Werk nur in sehr vereinzelten Passagen das Niveau des

Trivialen. Seine ordentlich gefeierten Geheimagentengeschichten sind nur wegen der reißerischen Bond-Filme weltberühmt.

Wie dem auch sei, auf dem Weg ins Casino schalte ich das Becker-Autoradio ein-, und in dem Moment - erschreckend, als die ersten Töne, die die Verse untermalen, in denen es um ein brennendes Herz, das tiefe Verlangen nach einem Start und dem Im-Träume-Leben geht, über meine akustischen Synapsen für die Hirnwindungen als Modern Talkings *You're My Heart, You're My Soul*[7] erkennbar erreichen, augenblicklich und verstört wieder aus.

Dann lieber nichts als puren Nieselregen von oben, Fahrtwind an den Seitenscheiben und Motorgeräusch von vorne, blechern-kerniges Auspufftröten von hinten und leise wummerndes Reifenabrollen von unten hören.

Mit einer Prise Hunger und unmerkli-

---

7 Lyrics: Dieter Bohlen (1984)

17

chem, noch nicht vernehmbarem Bauchgrummeln komme ich in der Werderstraße an und finde im Anstieg neben dem Luxushotel direkt einen freien Parkplatz. Oberhalb der kleinen Kurgartenläden und des Theaters. Ahnungsvolle Stellplatzsorge unbegründet.

Heute, also vorgestern, pünktlich Mittagstisch bei Juna und Hani: Vorspeise ein apfeliger Chicoréesalat, ein mächtiger Bohnen-Kürbis-Fenchel-Laucheintopf als Hauptgang und zum Dessert ein orientalisch üppig gewürztes und überaus großzügig geschnittenes Stück versunkener Apfel-Quitten-Kuchen mit dünn ausgerolltem Rührteig. Seit diesem deftigen Essen bis zu jenem Moment am Abend unfreiwillig gefastet. Zu viel Arbeit. Zu schleppend tätig.

Das alte Casino. Es wird wohl ungefähr kurz vor Mitternacht gewesen sein. Die bekannte Bühne der Selbstdarsteller bereits seit Stunden eingehüllt in dichten

Zigarettenqualm und trüben Zigarren-
nebel. Schwach durch gedämpfte Beleuch-
tung erhellt, alles eingerahmt von
schweren, dunklen Vorhängen.

Wir beide sitzen für diesen Drink an
der Bar. Er zurückgelehnt an der niedri-
gen Rückenlehne; ich erschöpft vorge-
beugt, beide Ellenbogen auf dem glatten
Holz der Theke abgestützt.

Enthusiastisch resümiert er die gerade
beendete Formel-Eins Saison: Das Ergebnis des letzten Rennens in Australien am
26. Oktober war mir bis dahin mangels
Interesse total unbekannt: es gewann, *le
Professeur*, Alain Prost in seinem Mc-
Laren-TAG Porsche. Damit triumphierte er
zum zweiten Mal als Weltmeister. Profi-
tierend davon, daß sein Hauptgegner,
Williams-Honda-Pilot Nigel Mansell, im
finalen Rennen ausschied. Der einzige
Deutsche im Fahrerfeld, Christian Danner, musste wieder mal vorzeitig, irgendwann in der Mitte der Veranstaltung,

sang- und klanglos aufgeben. So bleibt
er noch weniger ruhmreich als der ebenfalls chronisch erfolglose einzige deutsche Rennstall von Zakspeed.

Mein erstes und bisher einmaliges Ren-
nen live vor Ort war in diesem Jahr,
Ende Juli, der große Preis von Deutsch-
land auf dem Hockenheimring. Erinnere
mich vage, und nicht mehr an vieles vom
Renngeschehen. Klar, der Doppelsieg der
Brasilianer: Nelson Piquet vor Ayrton
Senna.

Der Rest verschwimmt zu einem schieren
Wirrwarr der Sinneseindrücke. Zu einer
kunterbunten Konfusion aus Lärm, Ben-
zin-, Bremsstaub- und Gummigestank und
rasant vorbeiblitzenden Bildern. Wir
saßen am Anfang der Start- und Ziel-
geraden oben auf der Tribüne in der Süd-
kurve mit Blick auf einen Teil des
Innenfelds und den Wald. Wer, und warum
in Führung liegend, wer gut, oder wer
schlecht fährt, erschloß sich mir nicht.

Die überraschend kleinen - zugegeben, teils ästhetisch farbenfrohen - Autos mit ihren kreischenden Turbomotoren: für mein wenig ausgeprägtes Zuschauertalent jede Runde zu rasch vorbeigerauscht.

"Du hast doch bald Geburtstag?" Da waren es drei Tage. Jetzt noch wenige Stunden, bis morgen, Montag, zu meinem einschüchternden anstehenden Ehrentag. Nepomuk, ewiges Damoklesschwert und unberechenbare Zeitbombe, ist in gewisser Weise mein nicht offizielles Mündel- oder Quasi-Patenkind. Er versteht dickköpfig partout nicht, warum ich nicht richtig groß feiern will. "Das definitive Ende deiner Restjugend. Party!" Wäre es sein runder Geburtstag, hätte der Playboy so einige abwegige und vor allem frivole Ideen. Nach unziemlichen Unartigkeiten und sündigen Verderbtheiten steht mir nicht der wehmütige Sinn.

Grundsätzlich.

Für den anarchischen Bohémien N[8] sind solch amüsante Eskapaden ausnahmslos reiner Alltag. Für mich hätte es die ungewollt prätentiöse Krönung eines banalen Jahrestags bedeutet.

N gerade erst zurück – von einer abenteuerlichen zweiwöchigen Autotour in den Libanon, zusammen mit dem *Kolumbianer*, seinem besten Freund und zwielichtigen Schwager – direkt wieder voller Tatendrang.

Nüchtern betrachtet, ist die Vierzig für mich eine kaum originelle Zahl. Und das Ganze nur ein Tag. Schlußendlich ein langweiliger Tag wie jeder andere. Die Sonne wird, laienhaft unpräzise gesprochen, auf- und wieder untergehen. Die Erde wird sich routinemäßig weiterdrehen. Nicht um mich. Und alles gleichermaßen bedeutungslos ablaufen. Ohne, daß sich etwas gravierend ändern wird.

Leider – bedaure ich das aufrichtig?

---

8 Nepomuk

- versuche ich alles äußerst rational zu
überblicken und exakt zu analysieren.
Natürlich kann das denknotwendig nicht
gelingen.

Denn der Beobachter ist immer Teil des
zu beobachtenden Systems und wird dieses
zwangsläufig von seinem Standpunkt aus
in irgendeiner Form beeinflussen. Um das
zu verstehen, braucht es weder die Katze
vom Schrödinger, Wigners Freund, noch
gar Kenntnisse der Luhmannschen System-
theorie. Selbst diese These ausgeweitet
bis ins Unendliche: der Beobachter des
Beobachters des Beobachters usw. funktioniert es nicht. Oder vielleicht doch?

Unter der Annahme einer antiken grie-
chischen oder römischen Gottheit? Nicht
als allwissender Schöpfergott gedacht,
sondern als nicht eingreifende, absolut
außenstehende Randgottheit, die sich
belustigt am verzweifelten Schicksal der
sich abstrampelnden Menschen ergötzt?

Trägt eine solche Betrachtung nicht

unzweifelhaft immer mindestens den Hauch
von Humor und Satire? Wie oft schon habe
ich eine dieser Alltagssituationen erlebt: am Bahnsteig beäugt mehr oder weniger voyeuristisch ein wartender Herr,
Typus grauer Verwaltungsbeamter, eine
junge Studentin, die selbstvergessen in
ihrem zerfledderten Taschenbuch liest.
Der, die Studentin beobachtende Mann
wiederum wird verstohlen von einer Frau
mit Riesenkoffer ins Auge gefasst, und
die weitläufige Szenerie wiederum von
mir überblickt. Oder, weg vom zugigen
Bahnsteig.

Hinein, mitten ins samstagnachmit-
tägliche Idyll des *Café König*: bei einem
vollsahnigen Stück Schwarzwälder Kirsch-
torte auf der Terrasse sitzend sehe ich,
wie die schöngeistige Witwe am Neben-
tisch weiter vorne den Bauarbeiter auf
der anderen Straßenseite beobachtet, der
selbst unverhohlen einer Passantin im
Chanelkostüm hinterherschaut und diese

wiederum die Auslage eines Juwelier-schaufensters inklusive der, dieses neu dekorierenden Verkäuferin begutachtet. Wenn dann Nummer Eins, die Witwe, oder Nummer Zwei, der Bauarbeiter mich bemerken, gibt es meist ein Schmunzeln der Eins oder ein ertapptes, unwilliges Wegschauen der Zwei.

Was für ein schwacher Zeitvertreib! So viel wirres Zeug zu schreiben. Mutmaß-lich können und sollen mir diese (jetzt noch) unausgegorenen Notizen tatsächlich helfen, mir noch bewußter zu werden. Indes, strenggenommen sollte nicht ich, sondern N Tagebuch schreiben. Mit seiner Phantasie. Mit seinen Erlebnissen.

Ununterbrochen baut er Luftschlösser. Sucht etwa Gewinnsysteme im Roulette und will unbeirrbar nicht verstehen, daß es bis in alle Ewigkeit ein unberechenbares Glücksspiel bleiben wird. Da hilft *selbstverständlich* keine Pseudo-Mathema-tik. Es war in der Schule stets mein

Lieblingsfach, sehr gerne wäre ich Mathematiker geworden. Folglich habe ich parallel zu Jura versucht, Mathematik zu studieren, allerdings im ersten Semester schon vieles nicht verstanden, was meine offenkundig begabteren Kommilitonen mit Leichtigkeit aufnehmen konnten. Demoralisierende Erfahrung. Im Verhältnis zwischen Schule und Studium liegen Welten, offenbar besonders in den Naturwissenschaften.

Deshalb beschränkte ich mich darauf, autodidaktisch die Fachliteratur zu mich interessierenden Gebieten, wie etwa zu meiner geliebten Stochastik eingehend zu durchforsten. Die Recherche begonnen mit einem zufällig aus den langen Regalreihen gezogenen Buch. Einzelnen Quellen aus den Fußnoten in der Unibibliothek nachgegangen. Ausgewählten Hinweisen aus dem Literaturverzeichnis gefolgt und mit dem nächsten Lehrbuch, das mir über diese Querverweise in die Hände fiel, das gleiche Spiel von vorne. Weiterhangeln, bis die Begeisterung für diese Beschäftigung nachließ.

Selbst für mich wird es, auch ohne jeden bangen Prüfungsdruck, irgendwann zu theoretisch und zu abstrakt. Auch, wenn ich *ZDF* liebe. Zahlen, Daten, Fakten sind meine farblose innere Welt. Ich liebe Quadrate. Rechtecke gehen auch. Kreise mag ich weniger. Einen reinen Kreis mag ich nur deshalb, weil er auch eine geometrische Grundform darstellt. N steht für Abenteuer, Tamtam, wenig zurückhaltenden Urwald, Chaos. Dschungel. Zufällig-wirre Linien. Möglicherweise sind britisch-indische Paisleymuster seine zweidimensionale Entsprechung? Wenngleich auch bei diesen, spätestens auf den zweiten Blick, sich beruhigend wiederholende Regelmäßigkeiten erkennbar sind.

Ganz im Widerspruch dazu steht meine Vorliebe für dunkle Detektiv- und Geheimagentenromane wie *Der Malteser Falke* von Dashiell Hammett und *Der Spion, der aus der Kälte kam* von John le Carré. Oder, um bei der harten Realität zu bleiben: die Bücher von Peter Scholl-Latour wie *Der Tod im Reisfeld. Dreißig Jahre Krieg in Indochina* und ganz aktuell: *Mord am großen Fluß. Ein Vierteljahrhundert afrikanische Unabhängigkeit* faszinieren mich unglaublich und lassen mich aus sicherer Distanz angenehm wohlig erschaudern. Die reale Konflikt-, Kriegs- und Terrorpolitik füllte meine gefühlte Lücke der für mich zu theoretischen Mathematik.

Ach, wie gerne wäre ich einer dieser unerschrockenen verdeckten Ermittler, etwa im Umfeld der Baader-Meinhof-Bande. Vielleicht hätte ich ja in diesem Sommer eines der beiden schrecklichen Sprengstoffattentate oder die fürchterlich kaltblütige Erschießung in Bonn[9] verhin-

---

9 Opfer Gerold von Braunmühl (Auswärtiges Amt), am
   10.10.1986 durch das *Kommando Ingrid Schubert*

dern können. Völlig utopisch bei meinem Hasenherz.

Oder als sensationell todesmutiger Fotojournalist und nervenstarker Kriegs- berichterstatter? Zum Beispiel im Iran- Irak-Krieg. Gerade jetzt. Von der Apoka- lypse berichten. Vielleicht in einem an- deren, **besseren** Abenteurer-Leben...

Zurück zu meinem literarischen Ver- such: Wenn N wüßte, daß sein Charakter die Inspiration für meine Romanhauptfi- gur ist! Kurz gesagt, geht es um einen, sehr, sehr einfach gestrickten, fast dummen, jungen Mann aus der sogenannten DDR, der über das heutige Berlin in den Westen geflohen und über Umwege in der Schweiz gelandet ist. Natürlich ist der echte N nicht dumm. Nur faul. Geistig und körperlich. Der Rest ist meine dichterische Freiheit.

Am vornehmen Ufer des Genfer Sees fin- det der Protagonist mangels Bildung kei-

---

erschossen

ne *anständige* Arbeit. Nur simple Hilfsarbeiter- und stumpfsinnige Handlangertätigkeiten, die ihm, seinem Hybris-Selbstverständnis gemäß, nicht behagen. Nachdem er in den Nachrichten von einem gelungenen Coup gehört hat, sein Entschluß: sich selbst als Einbrecher zu versuchen.

Wie es eine launische, göttliche Fügung will - hierfür fehlt mir noch eine plausible Idee - reist er bei jedem seiner untauglichen oder dilettantischen Einbruchsversuche auf der Zeitachse zurück in die Vergangenheit: In dem Moment, in dem er in das Haus durch Fenster oder Tür einsteigt, landet er exakt zu dem Zeitpunkt im Inneren, an dem dort die Aufrichte, das Richtfest des Hauses stattfindet. Die Eigentümer und geladenen Gäste halten ihn für einen Handwerker und die Handwerker für einen geladenen Gast.

Auf diese Weise reist er in jedes

Jahrhundert von Fünfzehnhundert bis heute. Jedes Mal hat er Gelegenheit, sich mit gebildeten, gutmütigen Menschen zu unterhalten. So versteht er, nach und nach, zunächst langsam, beginnend mit einfachen mathematischen Formeln, mit geweckter Wißbegierde parabolisch ansteigend, oder eher fibonaccispiralenhaft rasanter, schließlich hochkomplexe Theorien. Zurück im Jetzt, beginnt er selbst zu forschen und eigene Bücher zu schreiben.

Nicht zu vergessen: der Held hat *natürlich* während jeder Zeitreise mindestens eine Affäre: mal mit den niederen Dienstmädchen, mal mit den höheren Töchtern oder den vornehmen Hausherrinnen des jeweiligen Bauvorhabens.

Es endet, daß der Protagonist aufgrund seiner bahnbrechenden und hochkarätigen, wissenschaftlichen Veröffentlichungen in der Zukunft den, dann zum allerersten Mal verliehenen Nobelpreis für Mathematik gewinnen wird.

Im Jahr Zwanzigzwanzig.

§ 2

BB, Samstag, 1. November 86
Allerheiligen

Ausgeschlafen bis fast halb acht. Zwar ist heute kein normaler Samstag, bin trotzdem überkorrekt, so wie jedes zweite Wochenende, gegen neun Uhr ins Büro gefahren, um bis ungefähr eins meine Statistiken für die vergangene Woche anzufertigen und die jeweils neuesten Ausgaben der NJW[10] und *Versicherungsrecht* gezielt nach relevanten Informationen abzusuchen und den weitaus größeren, weniger interessanten Rest zu überfliegen.

SWF3 spielt, so schön passend, von dem von manchen zurecht für genial gehaltenen, von vielen völlig unterschätzten Schweizer Elektropionier-Duo Yello den

---

10 Neue Juristische Wochenschrift

Song *Bostich (N'Est-Ce Pas)*[11]. Ein einziges *rush* und *push*. *Tag für Tag die Ma-
schine am Laufen halten.* Auch samstags.

Heute morgen mit bestimmt um die zehn,
zwölf Grad angenehm mild. Hat aber für
die Dauer der Fahrt in die Kanzlei hef-
tig geregnet. Und wird, so bedeckt und
dunkelgrau wie der tief niedergedrückte
Himmel aussieht, freilich noch zumindest
ein weiteres mal, ausgiebiger und anhal-
tender regnen.

Die bedeutenden Dichter Schiller, Lessing und Goethe leihen den architekto-
nisch reichlich prosaischen Straßen hier
ihre Namen. Postjahrhundertwende-Altbau-
ten mit vier oder fünf Etagen, genutzt
als Mehrfamilien- und Bürohäuser, oft
mit dahinterliegenden, begrünten Innen-
höfen, rechtfertigen ihre großen Namen
nur teilweise. Solche Anschriften soll-
ten den wirklich besten Lagen einer

---

11 Lyrics: Boris Blank, Dieter Meier (1980). Dieter
   Meier: grandios avantgardistischer Künstler und
   vermeintliches David-Niven-Stunt-Double

Stadt vorbehalten bleiben. Und nicht einem durchmischten Viertel.

Zum Mittagessen bleibe ich, auch am Wochenende, in der Weststadt. Mich zieht es nicht, wie so viele Normalbürger werktags, Richtung Karlsruher Schloßplatz. Bei Hani, *dem Glücklichen*, dem französischen Koch mit algerischen Wurzeln und seiner bretonischen Frau Juna, *der Blühenden*, die vormittags die Desserts zubereitet und ohne aufgesetzte, falsche Freundlichkeit ungezwungen die Mahlzeiten serviert. Die Vorspeise ausgelassen. Dafür eines der traditionellen, deutschen Gerichte, die von Hani stets handwerklich ehrlich, und nur unwesentlich schärfer als bei der idealtypischen badischen Hausfrau üblich gewürzt werden, ausgewählt: chililastige Wirsing-Kohlrouladen im Rotweinsud, angerichtet mit sahnigem Püree mit diesen kleinen feinen Kartoffelstückchen, die ich so mag. Zum Dessert eine zimtig

duftende Blätterteigschnitte Apfelstru-
del. Mir sowohl Sahne, als auch Vanille-
eis genehmigt. Ausnahmsweise.

Bleibe, beunruhigt wegen der schlech-
ten Wetterprognose, nach den vierzig
Minuten Mittagspause lieber noch länger
in der Kanzlei. Genieße, die ruhige
Büroetage ganz für mich alleine zu haben.

Zuhause: Wäsche gewaschen, Teller und
Gläser gründlich säuberlich gespült,
einen inzwischen historisch und faktisch
überholten Spiegel-Artikel zur Operation
Urgent Fury, der US-Invasion '83 in Grenada wieder entdeckt, meine kümmerlichen
Liegestütz absolviert (enttäuschende
Kondition!) und jetzt ein paar Gedanken
zu meinem Beinahe-Juristenkollegen N,
der wahrscheinlich noch schlafend, oder
gerade erst, wo auch immer, eingeschlafen ist, als Fingerübung sorgfältig
und präzise zu Papier bringen.

Exakt in dem Moment ruft er an. N also doch schon wach. Er habe Freikarten von einem ehemaligen Trierer Stürmer[12], der jetzt für Kaiserslautern spiele und dessen Vater seinen Vater kenne, für das Spiel der Lauterer heute Abend um sechs. Wußte gar nicht, daß auf Allerheiligen Sportveranstaltungen stattfinden. Komme doch sicher *spontan* und auf der Stelle mit, *n'est-ce pas?*

Später am Abend, nach der Tagesschau:
Der KSC ist immer noch in der zweiten Liga. Zu den Schwaben vom VfB Stuttgart würde ich als braver Bade sowieso nicht fahren. Und zu Waldhof Mannheim und dem FC Homburg, den Vereinen in der weiteren Umgebung habe ich null Bezug. Kann mit dem kleinkarierten Fußball nicht *nichts*, aber doch sehr wenig anfangen. Mit den unvermeidlichen Klischee-Kuttenfans in den Stadionkurven noch weniger. Und am

---

12 Harald Kohr

allerwenigsten mit den Besuchern der Ehrentribüne, für die der Anlaß absolut gleichgültig ist. Die könnten ersatzweise genauso gut einem öden Promenadenkonzert vor dem Kurhaus beiwohnen.

Von allen Protagonisten in diesem Zirkus finde ich jedoch die des FC Bayern München am unsympathischsten. Folglich ist meine Schadenfreude (für mein Naturell) groß, wenn es mal eine der wenigen Niederlagen setzt. So wie heute. Haben die Bayern als amtierender Meister der letzten beiden Jahre doch tatsächlich im Heimspiel null zu drei gegen Bayer Leverkusen verloren. Okay, die sonst so biedere Werkself ist nun auch punktgleicher Tabellenführer. Bum Kun Cha hat kein Tor erzielt. Nicht, wie vorab von N prognostiziert. Falko Götz wurde im Radio als Torschütze gemeldet. Tja. Und der FCK gewinnt mit fünf Toren eines vollstreckergleichen Hartmann gegen die Schalker fünf zu eins.

Zurück zu N. Standesgemäß und unverzagt hatte er nach seinem Abitur ein Jurastudium begonnen. Auch, weil der NC[13] an den *akzeptablen* Fakultäten Heidelberg, Tübingen und München, sowohl für Human- und Zahnmedizin, als auch für Pharmazie außerhalb jeder, mit einem einjährigen Auslandsaufenthalt zu überbrückenden Reichweite lag. Eine freiwillige, längere Verpflichtung bei der *Wehrmacht*, wie sein Vater Dragan, die Bundeswehr immer noch ganz ernsthaft und ohne jede Ironie nennt und in diesem Punkt keine Berichtigung zuläßt, kam nie in Frage. Aufgrund von Verweichlichungsgründen.

Jedenfalls: Jura. Dann, sehr bald, es wird wohl bereits in der dritten oder vierten Vorlesungswoche gewesen sein, nach exzessiven Feiern und den ersten absehbaren Desastern in den Anfängertests vor den Klausuren, der Moment, daß

---

13 Numerus Clausus

die deprimierende Einsicht siegte. Zum nächsten Semester erfolgte der Wechsel, treffender der Abstieg, von der Jurisprudenz in das wesentlich seichtere Politikfach auf Magister. Irgendwann ist, nicht ganz unerwartet, auch das, noch weniger geräuschvoll, im Sande verlaufen: Nach drei Semestern Politik ohne vorweisbare Resultate zogen die ehemals Erziehungsberechtigten die Notbremse: der Schwererziehbare bekam kein unterstützendes Geld mehr nach München überwiesen.

Ns phlegmatische Antriebs- und Ehrgeizlosigkeit was die ernsthaft ernstzunehmenden Lebensbereiche angeht, geht über das, für überbehütet aufgewachsene, streng gläubig erzogene Oberschichtkinder üblicherweise anzunehmende Normmaß deutlich hinaus. Hinzu gesellt sich ein eigensinniger, durchaus narzißtischer Charakter.

Für größere Irritationen sorgen können

Ns, zugegeben seltenen, dann aber aus scheinbar heiterem Himmel auftretenden, und für die Leidtragenden unerwarteten, unerwartet heftigen Wutausbrüche. Diese Touretteattacken garnieren als krönendes Topping sein zu jeder Zeit ambivalentes Verhalten.

Dennoch, oder gerade wegen seiner ver- lottert-lockeren Art, kommt er mehr als *gut* und spielend leicht durchs Leben. N betitelte mich im unmittelbaren Gegenzug zu meiner FCK-Spielabsage als "unspon- tanen todspießigen Langweiler, bei dem alles kompliziert Wochen im voraus minu- tiös geplant werden" müsse - was, *mea culpa*, in Ansätzen auch stimmen mag. No- tiere seine begleitenden Gossenschimpf- worte besser nicht. Bei Licht betrach- tet, ist N schon immer ein *schräger Typ*, ein Charakterkopf *sui generis*.

Seit der Pubertät mit leichtem Bauch- ansatz gesegnet, dazu auch erste Anzei- chen dieser Verfettung im ovalrunden

Gesicht. Trotz, oder gerade wegen dieses, durchaus an sehr durchschnittliche Normal-Häßlichkeit grenzenden Äußeren, pflegt N eine, vermutlich die eigene Unsicherheit überspielende, arrogante Eitelkeit in seinem sorglosen Stil und Auftreten.

Es ist nicht offensichtlich, doch die permanent im Nacken etwas zu langen, um noch als wirklich gepflegt durchgehen zu können, leicht über die Ohren gelockten, braunen Haare läßt er sich alle drei Wochen freitags beim italienischen Barbier in Lichtental nachschneiden. Auf eben diese Che-Guevara-Länge. Zu erkennen ist sein Friseurbesuch weniger an einer kaum veränderten Haarlänge, als vielmehr daran, daß Ns leider nur spärliche, lückenhaft dünne Bart wieder von einem Dreiwochenbart auf einen Fünftagesbart herunter gestutzt worden ist.

So neu geschoren, saß er mir gestern in der Ablenkungsmaschinerie *Spielbank* gegenüber.

Jeweils isoliert nur die Haare betrachtet, würde die fröhliche Barkeeperin E mit ihren vielen kleinen, dunklen Locken - rein optisch - zusammen mit
N ein *schönes Paar* abgeben. Nichtsdesto-
trotz ist es das auch bereits wieder mit
Ähnlich- und Gemeinsamkeiten der beiden.
Abgesehen, von den Pfunden, an denen er
zu schwer zu tragen hat, und mit denen
der liebe Gott E wohlmeinend fast nur in
ihrem Brustbereich großzügig ausgestattet hat. Für Ns Geschmack zu üppig. Und
sonst? Einerseits trennen die beiden
abends nur die wenigen Zentimeter des
Tresens - und vielleicht zeitweilig weniger - andererseits wahrscheinlich Welten oder gar Universen, aufgrund von an-
dersartiger Herkunft, abweichenden In-
teressen und sowohl finanziellen, als
auch geistigen Potentialen.

Die, in seinen Augen untragbare Last
des spielbankverbindlichen Jacketts darf

N umgehen, je nachdem, wer den Einlaß befehligt. Sein obligatorisches, reichlich zu weit geschnittenes *khaki* Sechzigerjahre-US-Armee-Feldhemd mit Schulterklappen, aufgemaltem Edding-Peacezeichen und *FC St. Pauli*-Aufnähern trägt er komplett aufgeknöpft über einem schlichten weißen Anzughemd. Das wird wohl formal als Sportsakko-Äquivalent von der Spielbankaufsicht qualifiziert und dank Ns Umsätzen wochentags toleriert. Eine extensive Auslegung der, an sich schönen, konservativ-strengen jahrhundertealten Vorschrift.

Anderen jämmerlichen Körpern schenkt ein guter Anzug Form, Halt und Würde. N wäre darin genauso (und doch anders) verkleidet wie die, in seinen Augen, armen Sparkässler, die, – *ach!* – so bürgerlichen Bausparkassenvertreter und die bedauernswert spießigen Mercedes-Neuwagenverkäufer. Während diese in ihre, zugegeben, billigen Anzüge von der Stange erst hineinwachsen und sie mit Leben füllen müssen und daran allzu gerne scheitern, ohne es jemals selbst zu registrieren, ist jener N bereits über dieses Amateurstadium hinausgewachsen. Oder hat es in diesem Leben einfach mit Grandezza komplett übersprungen.

§ 3

BB, Sonntag, 2. November 86

Heute ist mein letzter Tag.

Als Neununddreißigjähriger. Eingehend die beklemmenden Hintergrundinformationen aus der städtischen (KA[14]) Bibliothek zum frustrierenden Nordirlandkonflikt gelesen. Danach den fälligen Tagebucheintrag für gestern zu Ende gebracht.

Zum Frühstück Vollmilchschokolade-Eszet-Schnitten auf Weizenbuttertoast. Die beiden Fünf-Minuten-Löffeleier sind ärgerlicherweise, trotz penibler Kochzeit-Überwachung mit meiner Handaufzug-Omega Speedmaster, etwas zu wabbelig geraten.

Noch ärgerlicher: Eben rief N an. Da ich gestern schon feige gekniffen hätte, solle ich zu einer Vernissage mitkommen,

---

14 Karlsruhe

'rüber nach Frankreich.

Irgendwo auf einer umgebauten *écurie* würde eine seiner zahlreichen Gespielinnen aus dem alternativen Milieu Skulpturen aus alten Metallteilen von verunfallten Autokarosserien und zersägten, hölzernen Musikinstrumenten ausstellen.

Kann das Armband-Geklimper durchs Telefon hören. Genau wie sein modisch und moralisch fragwürdiges Vorbild Che Guevara, trägt N, (am rechten Handgelenk) eine Rolex GMT Master mit drehbarer rotblauer *Pepsi*-Lünette zur separaten und gleichzeitigen Anzeige einer zweiten Zeitzone. Obwohl N, meines Wissens, nie in andere Zeitzonen fliegt. Und zu seinen, noch in der Sowjetunion lebenden entfernten Verwandten besteht nur mittelbar, vom Hörensagen über seinen Vater D[15] Kontakt. Direkte Ablesbarkeit! Bezweifle stark, daß N die Funktion überhaupt kennt, und falls ja, verstanden

---

15 Dragan

hat. Vermute eher, daß er einfach beim Juwelier das, was vorrätig und höherpreisig war und ihm gefiel, einpacken ließ.

N läßt weder locker, noch nach in seinen Überredungsversuchen: Kunstwerkstatt. Elsaß. Häppchen. Schnittchen. Püppchen. Die, viel zu lässig um sein Handgelenk getragene Rolex rutscht ihm bei jedem Gestikulieren, wie unhandlichunbequemes Modeschmuck-Gebamsel alternder Frauen fast in die Mitte des dünnen Unterarms und dreht sich außerdem oft mit der Ziffernblattseite zur Handfläche, was ein - sogar durch das Telefon zu hörendes - blechernes Klappern des nicht massiven, simpel gefalteten, fünfreihigen Jubiléarmbands verursacht. Mich nervt bereits das Zusehen, und jetzt noch mehr das Zuhören! Meine Lösung wäre: entweder die Bandlänge exakt anpassen, oder die formalästhetisch häßlich-bunte und doch faszinierend schwarz-rot-blaue Uhr in die Oos werfen. Die einzige Rolex, die für mich je in Frage käme, wäre die fast unscheinbare Explorer. Die Uhr von Bond-Erfinder Ian Fleming. Ohne auffällige Zyklopenlupe. Ohne Datum. Referenznummer 1016.

Warum bloß auf einem Pferdehof?! Spüre seitlich rechts an der Schläfe den leisen Anflug einer Wochenendmigräne. Bleibe heute am liebsten für mich. Seit ich nicht mehr gewohnheitsmäßig saufe, plagen mich in den letzten Monaten mehr Kopfschmerzen als in den ganzen Jahren zuvor. Warum nur? "Viel Spaß!" N möge ohne mich losziehen.

Für N, damals nach seinen abgebrochenen Studien, zurück in der badischen Heimat, ging es direkt ins Krankenhaus. In die Klinik, in der sein Vater D Oberarzt war und heute stellvertretender Leiter der Psychiatrie ist. Unter dieser streng-gütigen Aufsicht und dem zielstrebigen väterlichen Schutz gelang die, durch und durch fade Lehrstelle in der Verwaltung als Personalsachbearbeiter. *Summum bonum, totum bonum.* Ende gut, alles gut.

Wäre an seiner Stelle froh gewesen. Doch es war schon zum Start abzusehen, daß jemand wie N mit dieser drögen Tätigkeit nicht ausgelastet sein würde, nicht zufrieden sein kann. Für ihn soll Leben mehr sein als nervige Arbeit und kühle Vernunft. Glücklicherweise begleitete Ns Ausbildung ein angenehmer Nebeneffekt: unmittelbarer Zugriff auf die willigen Lehrmädchen-Bewerberinnen.

Dazu, warum auch immer, ein kostenfrei gewährter Wohnheimplatz im Schwestern-wohnheim auf dem Krankenhausgelände. Praktischer Inklusivvorteil: Weiter-im-Bett-liegen-können bis fünf Minuten vor Arbeitsbeginn um sieben Uhr dreißig. Ohne umständliche Anfahrt. Immerhin neunzig Minuten länger als der Früh-

schichtbeginn der jungen Schwestern-
schülerinnen und erfahrenen Kranken-
pflegerinnen. Feierabend um sechzehn
Uhr. Spätestens um Viertel nach vier.
Rundum das *geeignete* Umfeld für einen
existentialistischen Nihilisten in
ständiger mittelschwerer Lebenskrise.

Legendäre Parties, Alkohol, Kiffen.
Roter Libanese? Und ganz sicher extrava-
gantere Amüsements. Härteres Zeug? Macht
sein Schwager, der Tony-Montana-*Kolumbianer* schier alles möglich? Pur und
rein vom Cali- oder Medellín-Kartell?

Passend dazu, eben in reduzierter
Lautstärke die fünf Jahre alte, aber immer noch zeitlos klingende Depeche Mode-
Scheibe *Just Can't Get Enough*[16] mit ihrem
kommerziell eingängigen Refrain aufge-
legt. Der Song erscheint in seiner heiteren Gutlaunigkeit wie aus einer anderen Zeit, im Vergleich zu den aktuel-
len Werken der großartigsten aller

---

16 Lyrics: Vince Clark, Martin Gore (1981)

Synthiebands!

Zu mildes Wetter. Würde gerne die B500 Schwarzwaldhochstraße Richtung Mummelsee fahren und im Wald spazieren. Störende Kopfschmerzen und Hunger halten mich niedergeschlagen von diesem Plan ab.

Kohlrabbi (sic!) in der Küche, Reste vom Braten, und geräucherter Schinken, angebrochene Packung Spaghetti, eine Konservendose Champignons, ein Glas Gurken, noch zwei Eier aus der letzten Zehnerpackung, und natürlich: drei, vier alte, rote Zwiebeln und etwas Knoblauch. So der Rundblick durch meine enge, schwarz/weiß schachbrettartig gefliese Küche. Sollte wieder einkaufen.

Zuvor bereite ich mir aus den Brot- und Goudaresten ein paar überbackene Schinkenbrote im Ofen. Hätte, für sich genommen, auf jede dieser Einzelzutaten keine Lust, alle zusammen und in dieser Kombination, sind sie aber absolut unwiderstehlich. Und immer eine angenehm willkommene Kindheitserinnerung an wöchentliche Kegelnachmittage mit meiner Oma und ihren Bekannten in dieser urigen gutbürgerlichen Gaststätte, in der es regelmäßig um achtzehn Uhr für mich Toast Hawaii gab. Die Ananas habe ich nie verstanden und nie so richtig gemocht. Aber der Käse! Obendrauf, der sich noch mit der Gabel ewig langziehen lassende geschmolzene Käse, der dort, wo er über die Enden des Brots hinausgelaufen, superknusprig braun gebacken war. *Wahnsinn!*

Kegeln war für mich immer Glücksspiel. Unberechenbar, egal, was ich versuchte. War schlechter als alle alten Damen. Sogar als die halbblinden. Irgendwann war meine Großmutter nicht nur alt, sondern uralt, und ihre Knie haben nicht mehr mitgespielt. Deswegen ich auch nicht mehr beim Kegelnachmittag. Ende des Toast Hawaii.

Gefühlt wenig später, aber wenn ich

genauer nachdenke, liegen einige Jahre dazwischen, lernte ich über D auch N kennen. Es wird vor zwanzig Jahren gewesen sein. Kenne also mein halbes Leben die Familie.

Der große Preis von Baden-Baden. Das Galopprennen nach meinem Abitur. Ein letztes Mal vor dem Studium bei feuchtem Wetter die Atmosphäre der Rennbahn während der Großen Woche Anfang September aufsaugen. Das Schaulaufen der Eitlen, der Parvenüs und des alten Geldes mit kritischer innerer Distanz begutachten. Das Ergebnis des Rennens: jeweils mit Abstand:

Attila vor *Kronzeuge* und *Goldbube*.

Verhindern kann ich das ausschweifende Trinken und Spielen des Goldbuben nicht. Dann bin ich wenigstens von Zeit zu Zeit dabei und achte als Kronzeuge darauf, daß es nicht allzu wild wird. Der besorgte Vater ist den beiden Ablenkungen Alkohol und Glücksspiel nicht abgeneigt.

Er folgt ihnen sogar von Zeit zu Zeit. Allerdings ohne jede Leidenschaft. Und legt dabei nie sein Höchstmaß an disziplinierter, starker Selbstbeherrschtheit ab. Eben jene essentielle Eigenschaft in ihrer außergewöhnlichen *Hunnenkönig-Attila*-Ausprägung fehlt unglücklicherweise dessen mißratenem *Goldbuben*.

Wer lebt glücklicher? Der streng-orthodoxe D stellt in seinem Arbeitseifer und seiner gleichzeitigen Genügsamkeit ein leuchtend mustergültiges Ikonenvorbild dar - und jeden hanseatisch eifrigen Protestanten in den Schatten. Kein abgehobener Prunk, kein zur Schau gestellter Reichtum. Eine bequeme Eigentumswohnung in der ersten Etage, in der Nähe der Lichtentaler Allee mit Blick auf die immergrüne Gönneranlage. Getreu seinem Bibelmotto, daß Erkenntnis und weise Worte kostbarer als alles Gold seien.[17]

---

17 Sprüche 20, 15 (vgl. Bibel)

§ 4

KA, Mittwoch, 5. November 86

Seit Montag bin ich vierzig.

Mit Sandra heute etwas länger tele-
foniert. Große Distanz. Melancholie. Bis
sie zurück sein wird, dauert es noch gut
sechs lange Wochen. Dann endlich. Kurz
vor Weihnachten...

Yvi rief auch an. Zu meiner großen
Freude. Sollen sie "unbedingt ganz bald"
in Oberkorn besuchen. "Mal wieder uns
treffen." Sage, S[18] in Memphis; besser
erst im neuen Jahr. Es ist beinahe aus-
geschlossen, nicht von Yvis lebensbe-
jahender Energie überwältigt zu werden.

Und von N. Er will am Wochenende ins
Casino. Samstag wäre mir noch am ehesten
recht. Eigentlich keine Lust.

---

18 Sandra

"Nicht schon wieder!" Mal schauen. Unentschlossenheit. Könnte gleichwohl gut für meine Story werden. Sollte es als routinemäßige Pflichterfüllung meiner Recherchearbeit ansehen und mich opfern. Für die Kunst. Für meinen Zeitreiseroman.

Im Büro die ganze Woche über normales Arbeitspensum. Am Montag zum krampfigen kanzlei-internen Mittags-Pflicht-Umtrunk ein kleines Kistchen Taittinger spendiert und Garnelen-, Lachs-, Olivencremeschnittchen. *Amuse-gueules* und *Canapés* von Juna und Hani gebracht. *Hors d'oeuvres froids et chauds* aufzufahren, gilt als Standard hier. *Man* möchte nicht hinterwäldlerisch erscheinen. Kulinarisch mag ich herzhafte Speisen um einiges lieber. So wie das heutige Mittagsmenü: Gemischtes Rinder-, Schweine- und ein paar Stücke Wildschwein-Gulasch mit Preiselbeeren und Zwiebeln, als Beilage deftige Rosmarin-Knödel. Hinterher vanilliger Käsekuchen. Locker und mit spürbarer, fein ausbalancierter Säure. Perfekt. Bei meinen Versuchen, diesen simpel aussehenden Kuchen nachzubacken, ist er mir ein paarmal komplett zusammengefallen. Es sind die einfachen Gerichte, die mir mehr bedeuten als alles an teurer weltmännischer Feinkost.

Darauf jetzt Appetit: ein rustikales, schön marmoriert durchwachsenes Schweinenackenkotelett: mit reichlich Grillaromen angebraten, dazu geröstete Zwiebeln und Knoblauch. Etwas Butter. Fertig.

Sollte vermutlich vorsichtshalber keinen Krimi mit mathematisch-wissenschaftlichem Anspruch verfassen, sondern ein Schwarzwald-Kochbuch. Vorzugsweise eine Auslese der besten Rezepte von Juna und Hani. Die Arbeit am Roman geht geradezu zäh voran. Meine Artikulations-Schmerzen sind annähernd körperlich. Zwinge mein arg geplagtes Gehirn, zu denken, doch mir fehlt die Phantasie, um die Handlung mit Elan voranzutreiben. Und vor allem, um zunächst einen passenden Einstieg in das pralle Geschehen zu basteln.

Habe deshalb gestern – analog, wie vor Tagen mit § 2 meines Tagebuchs – dort direkt mit Kapitel zwei begonnen: N, der im Buch Nikolaus heißen wird, erhält seine erste Lektion in Stochastik.

Wäre gerne nachmittags noch in die Stadt gegangen, um Depeche Mode-Schallplatten zu kaufen. Tatsächlich keine Gelegenheit, vor dem Geschäftsschluß die Kanzlei zeitiger zu verlassen.

Nutze dafür nun die aktuell ruhige Phase im Büro, um von Hand diese Sätze in meinem handlichen Moleskine zu notieren. Für Fremde dank meiner krakeligen Schreibweise und diverser eigenwilliger Abkürzungen eher nicht entzifferbar. Meine leidige Handschrift hat mir schon im Abitur, im Studium, vor allem während der Auslandssemester in Lausanne, und schließlich in den Examen, den ein oder anderen Punkt gekostet. *Unleserlich!*

Bin D sehr dankbar. Kraft Ns Vater dann doch noch, mit unterdurchschnittlichen Staatsexamina (schiebe die Noten alleine auf meine zerstörte Schrift) und einigen ergebnislosen Bewerbungen in Hamburg, Köln, München und Frankfurt in dieser überregional unbekannten, jedoch wenigstens lokal mittelmäßig renommierten Rechtsanwaltskanzlei wieder in der Heimat, immerhin in der Stadt des BVerfG[19] und BGH[20] gelandet. D muß, so glaube ich, mehr als bloß *ein gutes Wort* für mich eingelegt haben, daß die konservativen Herren mir, zunächst auf Bewährung, das zuletzt unbesetzte, unterentwickelte und so schön erholsam engstirnige Versicherungsrechtsdezernat anvertrauten. Sie werden es bis heute nicht bereut haben. (Trotz meines Makels der späten *Schande* meiner Station im

---

19 Bundesverfassungsgericht
20 Bundesgerichtshof

Referendariat bei einem späteren kalt-schnäuzig-skrupellosen RAF-Verteidiger.)

Jedenfalls; die pedantischen alten Gründungspartner hier sind am OLG[21] zuge-lassen und allzeit übermächtig aktiv. Keiner im Ruhestand. Mit meinen jetzt vierzig Jahren bin ich immer noch der jüngste angestellte Anwalt im Haus. Partnerschaft nicht in Sicht. Aber wer weiß?

Verträglich zu meiner Stimmung dudelt der kleine Telefunken-Weltempfänger hin-ter mir auf dem hohen, schwarzen Metall-aktenschrank, einer nüchternen Design-ikone des Schweizer Herstellers USM Hal-ler, leise Boney Ms *Daddy Cool*. Gleich halb elf. Fahre jetzt nach Hause. Dort eventuell noch, auf die Schnelle, an der weiteren Gliederung der Kapitel und dem, noch nicht vorhandenen Spannungsbogen meines bislang enttäuschenden Zeitreise-buchs arbeiten.

---

21 Oberlandesgericht

Schriftstellerei. Hobbyautor. Was für eine *Schnapsidee*.

§ 5

BB, Sonntag, 9. November 86

"**Hier,** du mußt unbedingt vorbeikommen! Ich brauche dringend deinen juristischen Rat. Wir treffen uns vor dem Haus in Bühl."

Nachmittag, vier Uhr. Wollte eigentlich nachher in Ruhe die Berichte zur Wahl in Hamburg verfolgen. Glaube (und hoffe!), daß der Sozi Klaus von Dohnanyi seine Mehrheit nicht verteidigen kann.

Fahre also in der Erwartung, rasch wieder zurück zu sein, wenige Kilometer über die annäherungsweise schnurgerade Autobahn. Ein Ministück Landstraße nach Bühl. Dort, vorbei am Deutschlandsitz von USM Haller. Weiter in Richtung des eingemeindeten Dorf-Ortsteils Oberweier. In Bühl-Oberweier, an der Marienkapelle

aus alten Zeiten, Abbiegen zu Ns Wohnung. Er wartet schon vor dem Haus an
seinem Wagen. Sein Atem riecht, nein,
stinkt nach Bier.

Das überkommene Bannmeilen-Residenz-
verbot des Casinos für die Baden-Badener
Bürger umgeht N dadurch, daß auch
weiterhin *pro forma* das Mietshaus seiner
Eltern, ein Doppelhaus mit Garten, als
Meldeadresse in seinem Personalausweis
vermerkt ist. Auf die Idee ist er selbst
gekommen. Ohne meine juristische Hilfe-
stellung.

Es ist ausgesprochen selten, daß er an
seinem offiziellen Wohnsitz und nicht in
Baden-Baden anzutreffen ist. Denke, wir
fahren gleich mit seinem Auto weiter,
weil N buchstäblich nie läuft. Diesmal
sind es *wirklich* nur noch wenige Schritte zum Rand der Dorfbebauung. Dort. Eine
markenfreie Autowerkstatt.

Vor dieser sind ein schneeweißer VW
Scirocco und ein kantenrostiger orange-

roter Peugeot 205 abgestellt.

Unter den ohrwurmigen, und daher zu meinem Leidwesen nur für mich zu hörenden Klängen von Modern Talkings neuem Hit *Geronimo´s Cadillac*[22] und Versen von Bohlenscher genialer Schlichtheit, wird *er* mir von einem begeisterten N in allen Details präsentiert:

Er steht in einer schwer zu beschreibenden Mixtur aus trübem Licht, das aus den verschmutzten, schrägen Dachfenstern fällt und der knallharten Kelvin-Kälte zweier Neonröhren: ein hellgelber Dino 246 GTS mit knapp zweihundert PS und Targadach. Das ellipsenförmige Cockpit mit seinen acht Rundinstrumenten und schönen weißen Ziffern gefällt sogar mir. Dazu die offene Schaltkulisse aus blankem Metall, der lange Schalthebel, gekrönt von einem ballrunden schwarzen Kugelkopf. Ästhetik pur. Währenddessen schwärmt N kindlich vom Mittelmotor.

---

22 Lyrics: Dieter Bohlen (1986)

Verstehe zunächst: *mittleren Motor*:

"Warum nicht die stärkste Motorisierung?!" Der Wagen sei in seiner Coupéausführung noch rassiger als dieser ohnehin schon dramatisch geformte Targa, und zudem weit ungewöhnlicher, weil er dann zusätzliche Seitenfenster in den *Finnen* oder *Schweden* habe; so wie bei *Danny Wildes*[23] roter Version in *The Persuaders!*[24]

Er erklärt, der Dino sei, außer für Hardcore-Markenpuristen, unbestreitbar und strenggenommen ein echter Ferrari. Benannt nach dem, zu früh verstorbenen, Sohn des Firmengründers Enzo Ferrari: Alfredo, genannt Dino. Denke bei Dino reptiliengehirnreflexartig zuerst an den ultimativen Zerstörer und zucke zurück: Tyrannosaurus Rex.

Autos und ihre Technikfeinheiten interessieren mich schon immer nur als rein nützliche Alltagsdinge. Irgendein,

---

23 Tony Curtis als Daniel *Danny* Wilde
24 The Persuaders! Deutsch: *Die 2* (1970/1971)

als zuverlässiges, bekannt und bewährtes, fast jungfräuliches Exemplar in bestem Zustand kaufen und dann weitere acht, optimalerweise neun Jahre als Gebrauchsgegenstand bewegen. Bis das vom Rost zerfressene Blech eine leidige Neuanschaffung nötig machen wird. Jede Dekade das gleiche Spiel. Befürchte, bis zum Beginn des Bezugs der Altersversorgung.

Wir schleichen mehr oder weniger andächtig, er tatsächlich, und mit seiner linken Hand über den polierten Lack streichend, ich, beide Hände hinter meinem Rücken, selige Ergriffenheit einigermaßen gut spielend, Seite an Seite, langsam um den, mitten in der engen Halle neben einer zweifarbig schwarz-grauen Citroën 2CV *Ente*, einem wild verspoilerten schwarzen 3er BMW (N meint, ein Vorserienmodell des neuen M3.) und knapp vor der blauen Hebebühne parkenden Sportwagen mit herausgenommenem Dach.

Indes ist N so dem Bann seiner Siebziger-Jahre-Flashback-Zeitreise erlegen; so in seinem autohypnotisch selbstkomponierten Danny-Wilde- und Lord-Brett-Sinclair[25]-Universum gefangen, daß ihm eine noch billigere Heuchelei meinerseits nicht auffiele.

N kommt nun zum Punkt: Der Dino sei ihm, als geheime Empfehlung vertraulich, unter der Hand zum Kauf angeboten worden. Vermittelt von seinem Mechaniker. Gebe kühl und rational die, so sicher wie das *Amen* am Ende des Gebets auftauchenden, aberwitzig hohen Unterhaltungskosten (angefangen bei der vermutlich halsabschneiderischen Kfz-Versicherung) zu bedenken.

"Bist du sicher, daß er keinen verdeckten Unfallschaden erlitten hat? Warum verkauft jemand ohne Not so einen Ferrari? So einen Kunstgegenstand?"

N läßt mich, die Stimme der Vernunft,

---

25 Roger Moore als Lord Brett Sinclair in *Die 2*

in aller Ruhe - er scheint es zu genießen - meine unvermeidliche Besorgnis vortragen. Am Schluß meines genervten Plädoyers, den Sportwagen bitte jedenfalls genauestens und ohne Eile, zusammen mit einem neutralen wirklichen Fachmann unter die Lupe zu nehmen, Stichwort Herkunft, Vorgeschichte, Kostenkapitel, *Vernunft, Vernunft, Vernunft,* konstatiert er nach etwas Hin und Her, so lapidar wie ihm möglich, aber mit nicht zu verbergendem Genuß und Stolz in Stimme, Mimik und Augen: "Habe den Dino eben gekauft. Der Verkäufer ist ganz kurz vor deiner Ankunft fort. Wollte dann doch nicht auf dich warten. Sorry. Nachher hättest du es mir madig gemacht. Exakt so, wie du es gerade versucht hast mit deiner Heidenangst. Ich hätte vielleicht eine Sekunde zu lange gezögert, und morgen wäre der Wagen dann schon verkauft!" Unterbreche ihn nicht. Bin kurz sprachlos.

Was für eine Naivität. Ohne Probe-fahrt. Wer hat wem den freien Tag ver-leidet? Dafür also fahre ich an einem ungemütlichen Herbst-Wahlsonntag her. Um in einer nach Öl und Reifen stinkenden unordentlichen Werkstatthalle einen si-cher über zwanzig Jahre alten, obszön geformten italienischen Gebrauchtwagen zu begutachten. Zugegeben, einen unnor-mal hübschen. "Gratuliere!"

"Glückwunsch!" Aus der halbleeren ein-gestaubten Kiste in der Ecke hinter der Werkbank neben dem Spind mit dem per-versen Pin-up-Kalender überreicht er mir ein Tannenzäpfle. Üblicherweise würde ich mittlerweile an dieser Stelle sofort dankend ablehnen. Jetzt strecke ich un-willkürlich und beängstigend bereitwil-lig meinen rechten Arm aus, und greife schon nach dem goldenen Getränk in der dunkelgrünen Flasche, sein Angebot an-nehmend. Beinahe.

Beinahe hätte meine Selbstdisziplin

versagt. In letzter Sekunde schaltet sich mein gewohnt nüchterner Verstand dazwischen. Und so bleibe ich meiner abstinenten Linie weiter treu. Schnappe mir anstelle des leckeren Alkohols eine, angesichts der kühlen Außentemperaturen und der ungeheizten Halle dennoch viel zu eklig-laue Afri-Cola. Weiß nicht, sein wievieltes Flaschenbier es für heute ist. "Auf deinen Vierzigsten!"

N hat eine Geburtstagsüberraschung parat. Sein Geschenk: eine weiße, einfache Gutscheinkarte als Platzhalter für das schon bestellte (und bezahlte) Wochenendticket zum XLV. Formel-Eins Grand Prix von Monaco am letzten Maiwochenende '87. Bestimmt nicht günstig. Wirklich großzügig!

N malt die also unvermeidlich bevorstehende Tour plastisch aus: Hinfahrt im röhrenden Dino-Ferrari. Abstecher über die kurvigen Seealpen. Soll schon mal Urlaubstage einreichen für Mittwoch, den

Anreisetag, und Freitag: ein sehr langes Wochenende vom 27.-31. Mai. Denn das freie Training sei schon Donnerstag an Himmelfahrt. Casino und die *Tip Top Bar* besuchen, frühere Stammkneipe der Rennfahrer. Residenz im Loews-Hotel direkt am Meer über dem berühmten Tunnel, mit Blick auf die noch berühmtere, enge, nach dem Hotel benannte Serpentine, auf der sich die Rennautos hintereinander den Felsen hinunterschlängeln, und wo nur die allerbesten und tollkühnsten Fahrer überholen. Als *persuaders*[26] Feiern mit perfekten Schönheiten aus aller Welt im Yachtclub und in der Spielbank.

Fühle mich vom Überredungskünstler überrumpelt und unwohl flau bei dem Ausblick auf bevorstehende unplanbar chaotische Zustände im Fürstentum. Hotelzimmer seien natürlich auch schon reserviert. Autorennen als Zuschauer sind das Eine. Das Andere ist Ns Wahnvorstellung,

---

26 Wer von uns *ist* Tony Curtis? Wer *ist* Roger Moore?

selbst erfolgreicher Rennfahrer werden zu können. Er phantasierte wieder von irgendwelchen Rallyes und Langstrecken-Rundstrecken-Rennen. Noch die *Grüne Hölle* Nürburgring, das gerissene Schlitzohr Niki Lauda und *Le Mans* erwähnt und von seinem verwegenen Schauspiel- und Rennfahrer-Idol Steve McQueen geschwafelt.

Muß mich beherrschen, mich beim Schreiben nicht schon wieder aufzuregen. Sein Problem ist, daß er null Ahnung hat. Null Ahnung von fast allem, und ganz besonders vom kontrollierten, wirklich schnellen und gefühlvollen Autofahren. Ja, *zugegeben*, fährt er immerhin etwas besser als ich. Will ja auch Anwalt bleiben. Nicht mein Traumberuf. Bin es aber auch nicht ungern. Was wäre für jemanden wie mich schon die Alternative zum geregelten Juristenjob?

N rast gerne einfach so die Kurven der braun-schwarz schattigen, eng verwinkelten Land- und Kreisstraßen rund um

Baden-Baden rauf und runter. Vor allem die, bis nach Amerika bekannte, fast schon legendäre B500 ist sein Lieblingsrevier. An sonnigen Tagen kann ich das ein kleines bißchen nachvollziehen. Dann mag ich die gewundene Fünfhundert auch. Wobei ich weniger die Fahrt an sich mag, als das Ankommen an meinen mystischen Lieblingszielen **Mehliskopf** oder **Mummelsee**. Ruhige Ausblicke genießen und einsames Wandern.

N liebt die B500. Solange keine lahmen Sonntagsfahrer oder schleichenden Wanderdünen-Traktoren, kriechenden Land- und Forstwirtschaftsmaschinen oder zockelnde Lkws die Schwarzwaldhochstraße als annähernd immobile Hindernisse blockieren und ein gefahrloses Überholen derselben für hunderte Meter oder sogar Kilometer im Grunde unmöglich machen. Was N aber nicht daran hindert, es tollkühn auf gut Glück dennoch zu wagen. In seinem bisherigen Wagen:

Einem roten Porsche 944 - jetzt sogar bis in den Libanon erprobt.

Das Coupé mit großem Targa-Schiebedach hat er sich letztes Jahr gekauft, irgendwann im Hochsommer, Juli oder August. Meinte eine ähnliche Karosserie gäbe es als Porsche 928 mit Achtzylinder als Tony-Montana-Scarface-Mobil. In der Tat besitzt sein Schwager wohl einen ebensolchen 928er in seinem monegassischen Fuhrpark. Leider unerschwinglich für N. Immerhin, der 924er-Motor sei ein *halber* aus dem 928er. Wohl direkt nach dem Kauf seines ersten richtigen Sportwagens hat N die winzigen, nur kindergeeigneten Rücksitze, alle Teppiche und Verkleidungen im Innenraum entfernt, denn derart verunstaltet bekam ich den Zweitürer vorgeführt. In tiefster Überzeugung überrollte er mit billiger tiefschwarzer Baumarktfarbe Motorhaube sowie die klappbaren Scheinwerferabdeckungen. Er meinte voller Ernst, das würde nun

während des *Racing* störende Sonnenstrah-
lenreflektionen verringern. Die matt-
schwarze Motorhaube, *verschönerte* er, in
Anlehnung an die Lotus-Honda Formel-Eins
Renner und diese Tabakmarken-Dschungel-
rallyes mit einigen unsinnigen Camel-
Trophy-Aufklebern. Schließlich raucht er
John Player Special.

Komplettiert wird jetzt der optische
Feinschliff durch runde Rallye-Start-
nummern auf beiden Türen: Dreiunddreißig. Zwei weiße, serifenlose Dreien
auf schwarzem Grund. Nicht sein Jahr-
gang. Sein Alter. Zum Kaufzeitpunkt im
letzten Jahr. Wozu diese Extravaganzen?
Der Mann hat einfach zu viel Zeit.

N sieht sich trotz seiner Jahre ohne
er(n)ste Rennpraxis nicht als künftigen
Gentlemandriver, nicht als Bezahlfahrer,
der sich mit eigenem oder Sponsorengeld
in ein Team einkauft, sondern als ange-
henden Vollprofi, der für seine Rennein-
sätze *selbstverständlich* angemessen be-

zahlt wird. Nicht, daß er auf diese Ein-
nahmen angewiesen wäre. So schlecht lebt
es sich nicht in Baden-Badens Hügeln als
Sohn eines Psychiatrie-Professors.

Zwei Flaschen Tannenzäpfle später fordert er mich zum Rennen heraus. Einem
Duell. Wir beide und seine beiden Autos.
"Wir losen aus, wer welches Fahrzeug
lenken darf." Respektive in meinem Fall,
fahren *soll*. 944 gegen Dino.

Auf Höhe der russischen Kirche mit
ihrer goldstrahlenden Kuppel in der
Lichtentaler Straße soll unser Start
liegen. Der weniger PS-starke Vierzylin-
der-Porsche dürfe, ganz fair, Startplatz
eins an der Ampel vor dem Sechszylinder-
Dino auf Position zwei haben. Virtueller
Zielstrich: der Parkplatz am Mummelsee-
Hotel.

Meine Entgegnung: "Bis zum Mehliskopf
reicht doch! Das Hotel am See wird reno-
viert oder umgebaut. Bin mir nicht sicher, ob das Café zur Zeit überhaupt ge-

öffnet hat." Zwanzig Minuten Fahrt, je nach Wetterlage, Tages- und Jahreszeit. Hebe meinen Zeigefinger. "Und! Wir beachten die Tempolimits! *Ich* werde mich ohne Ausnahme gewissenhaft an die Geschwindigkeitsbegrenzungen halten."

Die Dämmerung fällt weiter ein. Mir dämmert: "Der Dino ist noch nicht auf dich zugelassen!" "Kein Problem! Hier liegen rote Nummern. Machen wir einfach eine Probefahrt." Von der rechtlichen Zweifelhaftigkeit seines Vorhabens, den kuriosen Katze-im-Sack-Ferrari direkt in einem privaten *Renneinsatz* einzuweihen, bekomme ich ihn nicht überzeugt.

Mein halbherziger Gegenvorschlag, um der irren Planung Einhalt zu gebieten: ein Probelauf. Er in seinem indischroten Porsche und ich in meinem marsroten Audi. Welch lachhafte Vorstellung: Mit meinem Auto. In meinem vierten Berufsjahr als Rechtsanwalt Anfang 1980 als Vorführwagen, Modelljahr '79 mit damals knapp dreihundert Kilometern auf dem Zähler zum unverhandelten Jahreswagen- preis das Ausstellungsstück vom Karls- ruher VAG-Händler erworben. Einzige Extravaganz der soliden Limousine mit beigem Teddyplüschvelours, einfachen Kurbelfenstern und Stahlschiebedach ist das nachgerüstete Becker Mexico Stereo Kassettenradio.

Damit ich meine Lieblingsmusik auch unterwegs hören kann, ohne darauf ange- wiesen zu sein, eine längere, reine Mu- sikzeit zwischen den unausstehlichen, humoristisch gemeinten, *komischen* Ein- spielungen der Baden-Badener Popwelle SWF3 zu erwischen. Kein *Danke* an dieser Stelle nach KA ans BVerfG für das neue 4. Rundfunkurteil. Inzwischen habe ich jede LP meiner Sammlung auf MC über- spielt.

Wahnwitzige sechsundachtzig PS aus dem Vierzylindervergaser. Permanenter Blei- geruch inklusive. Unübertreffliche Übersichtlichkeit dank pfeilgeraden Linien und unzähliger, meiner geliebten rechten Winkel in der kantigen Karosserie. Die rechte Seite ist schon lange zerkratzt von feindlichen Einparkern und hat einige, nicht so tiefe, kleinere Dellen mir nicht bekannten Ursprungs und eine etwas größere, längliche am vorderen Kotflügel. Mein betagter Audi taugt höchstens als Autorequisite eines ARD-*Tatort*-Nebenrollenopfers. Und nicht als Requisite einer furchteinflößenden filmreifen Verfolgungsjagd.

"Basta! Du hast schon zu viel getrunken." Keine Zeit für seine Faseleien. Will jetzt zur Hamburger Wahl-Berichterstattung pünktlich zuhause sein. Das abstruse Ansinnen der Autojagd niedergeschmettert. Am Ende der Diskussion hat die <u>Dunkelheit</u> vollends gewonnen.

"Okay. Aber bei der nächsten Gelegenheit gilt's!"

§ 6

BB, Mittwoch, 19. November 86
Buß- und Bettag

Was für ein Tag! Gestern.

Notiere jetzt, Donnerstag abend. Will nicht wahrhaben, kann nicht glauben, was *wahrscheinlich* passiert ist.

Zerstochere ein halbes Stück von Junas lockerem Haferflockenkuchen. Gestern, als die karamelisierte Kruste noch ofenwarm knusprig war, für heute eine weitere extradicke Scheibe einpacken lassen. Juna freute sich und berechnete mir das zweite Stück nicht. Egal. Das ist jetzt unwesentlich.

Da relativiert sich die Bedrohung, der Alptraum-Schrecken der zerstörerischen linksextremen Stadtguerilla-Gewaltakte, mit ihren fast schon gewohnheitsmäßigen

Entführungen, feigen Terror-Autobomben, Sprengstoffanschlägen, oder - wie jetzt die Erschießung des Renault-Bosses[27] in Paris auf offener Straße vor seinem Haus.

Vor´s Haus gehen. Oft erweist sich Überwindung am Ende als lohnender. Trotz lethargischer Unlust raus. Rausgehen, obwohl ich keine große Lust dazu verspüre. Hätte ich mal auf meine innere Stimme gehört und wäre besser brav daheim geblieben! Der letzte Abend, begann relativ gewöhnlich. N gelang es, mich zu bequatschen und überredete mich, im gewohnten Casino-Zirkus aufzutauchen.

Er setzt seinen üblichen Fünfzig-Mark-Jeton auf die, auf *seine*, dreiunddreißig mit einer Gewinnchance von immerhin ganzen zweikommasieben Prozent. Und gewinnt. Das fünfundreißigfache seines Einsatzes.

Freue mich für ihn, und fühle doch

---

27 Georges Besse am 17. November 1986

mehr als nur ein kleines bißchen un-
christlichen Neid. So viel Geld für jemanden, der es nicht nötig hat. Ein-
tausendsiebenhundertfünfzig Mark. Davon
gibt er einen Hunderter Chip als Trink-
geld für die Croupiers. "Faites vos
jeux! Bitte, daß Spiel zu machen."

Kann ihn nicht davon abhalten, den
größten Teil seines Gewinns auf der
dreiunddreißig liegen zu lassen. Er
brummelt selbstsicher: "Hey, nothing
ventured, nothing gained. Nichts gewagt,
nichts gewonnen!" Es darf nicht wahr
sein! Das schöne Geld wird von einer Sekunde auf die andere verschwinden. Verloren! Gleich.

Wahrscheinlich, ohne einen solchen
pessimistischen Gedanken zu verschwen-
den, summt er selbst-verliebt Modern
Talkings *You Can Win If You Want*[28]. Welche Parallelen zur besungenen Dame: Auch
N schaut nie zurück, gehört nicht in

---

28 Lyrics: Dieter Bohlen (1985)

eine enge Kleinstadtwelt, und auch für ihn hatten seine Eltern die Zukunft im Vorfeld *anders* durchgeplant.

Jetzt spielen Tausend Mark die volle Zahl, volles Risiko. "Rien ne va plus. Nichts geht mehr." Der Croupier dreht ab, wirft die Kugel. Minuten-, nein, stundenlang dreht sie sich im weiten Kesselrund. Die Zuschauer gebannt. "Ah." und "Oh." Sehe nicht hin. Alles weg?! Höre ihn schon lapidar sagen "Na und?!". "Trente-trois. Impair. Noir. Die dreiunddreißig." Mit der *doppelten dreiunddreißig* gewinnt er auf einen Schlag fünfunddreißigtausend Mark. Mehr als ich in einem Jahr als angestellter erbärmlicher Anwalt verdiene. Von seinem Gewinn gibt N Zweitausend "für die Angestellten." Bleiben *dreiunddreißigtausend* Mark. Aus einem ursprünglich riskierten Fuffziger. Verabscheue ihn dafür. Und mich. "Ich bin der Haß!"[29]

---

29 DÖF: *Codo ... düse im Sauseschritt*, Lyrics: Georg Januszewski, Josef Prokopetz, Manfred Tauchen,

Ich hätte es, genau wie er, so (oder mit weniger Einsatz) spielen können. Niemand hinderte mich. Nur meine liebe schreckhafte Vernunft.

In einem letzten Anflug von Geistesgesundheit läßt N nicht das erlaubte Maximum auf der vollen Zahl liegen, sondern nimmt wenigstens die großen Jetons an sich. Doch dann. Statt die Chips vom Tisch zu nehmen, wendet er sich plötzlich zurück zum Filz und schiebt mit impulsiver Geste einen Zehntausenderjeton auf Rouge. Seine Begründung: "Es kam jetzt fünf mal Schwarz. Jetzt ist auf jeden Fall wieder rot an der Reihe." So ein Quatsch!

N wartet nicht. Weder auf meinen Einwurf zum Thema Gesetz der *Großen Zahl*, noch darauf, daß der Croupier die weiße Kugel entgegen der Drehrichtung des Kessels wirft, sondern bestellt, in Seelenruhe bei E hinten an der Seitenbar zwei

Annette Humpe (1983)

Flaschen Champagner. Das neue Ergebnis interessiert ihn scheinbar nicht. Jetzt nicht. Mich schon!

Als er endlich zurück ist, haben sich seine zehntausend verdoppelt, und weil sie in der eben annoncierten Runde immer noch ungehindert auf Rouge liegen, stehen jetzt zwanzigtausend Mark im Risikofegefeuer. Viele Monate Arbeit. In meinem Leben.

Und wieder Rot. Selbstverständlich! Vierzigtausend. Zusätzlich zu den vorhin gesicherten Dreiundzwanzigtausend. Rede auf ihn ein. "Vorsicht!" Meine jämmerliche engherzige Angst, zu verlieren gegen seine überoptimistische Gier. Seine Gier ist seine Angst, zu wenig und zu langsam zu bekommen. Vom Leben.

Vielleicht mag es tatsächlich ursprünglich sein Plan gewesen sein, den gesamten Gewinn vom Tisch zu nehmen. Widerwillig schnappt er sich nur den eben neu dazugekommenen Gewinn und läßt kindergartenkindtrotzig den Einsatz der Vorrunde, die beiden zehntausender auf dieser Stelle liegen. Unnötig zu erwähnen, daß *natürlich* Rot fällt. Erneut. Dreiundzwanzig plus zwanzig plus vierzig. Dreiundachtzigtausend.

Mehr als zwei volle Jahresgehälter - für mich. Und für ihn als Normalangestellter in der Klinikverwaltung eigentlich in der Relation noch etwas mehr. Wäre nicht im Hintergrund das offensichtlich vorhandene kleine Vermögen und die daraus resultierende große Leichtigkeit. Schon im biblischen Gleichnis über die anvertrauten Talente heißt es markant im Matthäus-Evangelium:

"Denn jedem, der da hat,
wird gegeben werden,
und er wird Überfluß haben;
von dem aber, der nicht hat,
von dem wird selbst, was er hat,

weggenommen werden."[30]

Wehmut, Groll und betrübte Bitterkeit! Wie kann so etwas in der Bibel stehen. Unsicherheit. Unbehagen. Wahrscheinlich habe ich den Kern dieser *frohen Botschaft* nie verstanden? Ganz und gar nicht biblisch keusch sind die drei leicht lasziven Damen rund um N. "Nette Vögelchen!" flüstert mir N mit erfahrenem Kennerblick zu und genießt.

Berauscht von Gewinn, Alkohol und sinnlicher Umgebung, will er weiter spielen. Gierig. Fühlt sich unbesiegbar. "Wer bin ich schon, dem zu widersprechen? Who am I to disagree..." Annie Lennox Stimme singt in meinem Kopf, begleitet von dem legendären Synthie-Riff den Eurythmics-Hit *Sweet Dreams (Are Made of This)*[31].

Jähzorn. Ich weiß nicht, welche einzelne oder mehrere in Kombination meiner

30 Matthäus 25, 29 (Elberfelder Bibel 1905)
31 Lyrics: Annie Lennox, David Allan Stewart (1983)

weiteren Bemerkungen N zur Hochdruck-Explosion gebracht hat oder haben. Vielleicht alle zusammen?

Meine gut gemeinten bangen Hinweise empfindet er als Demütigungen. Unbotmäßige aufmüpfige Einmischungen eines unerträglich trockenen Realisten. Ich sollte es besser wissen. Eigentlich.

Der bedauerliche Konflikt war vorhersehbar. Verärgert zerrt er mich am Arm, raus aus dem Saal, hysterisch in das Foyer. "Was soll das? Ich laß mich nicht entmutigen! So jemand wie du ruiniert mir nicht meine Glückssträhne! Du machst mir das nicht kaputt! Hör´ auf! Gib endlich Ruhe, sonst hau´ ich dir auf´s Maul! Sei froh, daß ich nicht Mike Tyson bin! Der würde es dir richtig zeigen." Wütend wirft er Chips auf mich. Grotesk. Fange einen zehntausender. Atme tief ein. Mein gesunder Instinkt: ihm den Jeton zurückreichen. Doch er schlägt meine offene Hand zur Seite, läuft davon. Ohne seine Jetons an der Kasse einzulösen, stürmt er durch die Glastür aus der leeren großen Vorhalle, aus dem Gebäude.

Kläglich versagt. Wäre ich ihm nur nicht gefolgt! Erst jetzt, zuhause, kommt mir der, oft von D zitierte und zur Besonnenheit mahnende Sinnspruch in den schlaflosen düsteren Sinn:

"Der Weise fürchtet sich
und meidet das Böse,
aber der Tor braust auf
und ist sorglos."[32]

Draußen an seinem *"Porsch!"*, wie er ihn meistens überaus stolz nennt - sein Dino wartet weiterhin in der Werkstatt still und unbewegt mit einem schier unauffindbaren Fehler an der italienisch-komplexen Benzinzufuhr - fordert er mich heraus. Zum Rennen!

"Nein! Beruhige dich, komm runter. Das

---

32 Sprüche 14, 16 (Elberfelder Bibel 1905)

ist Wahnsinn! Lebensmüde!" N duldet keinen Widerspruch. Ohne weitere Worte öffnet er die *Dreiunddreißiger*-Fahrertür seines Targas. Und rast los. Verdammt!

Zu diesem Zeitpunkt wäre ein Sieg des chronisch beklommenen Verstandes überfällig gewesen. Hätte einfach zurückgehen, vielleicht den ursprünglich gefangenen, von N wieder aus meiner Hand geschlagenen und von mir aufgehobenen Jeton unterschlagend einlösen - auf jeden Fall: nach Hause fahren sollen.

Spät genug in der Nacht war es obendrein. Stattdessen, im inneren Chaos aus heißem Gefühl der leidvollen Wut, des, *ja*, stichelnden elenden Neides und des ekelhaften rechthaben- und rechtbehalten-Wollens: ihm hinterher.

Die Nacht ist gar nicht kalt. Kein Frost. Und doch zähneklappernd eilig in die Nebenstraße zu meinem Auto. Losgefahren, mich erst an der nächsten Kreuzung mit Herzklopfen angeschnallt.

Treffe ihn tatsächlich schon in der ersten Kurve hinter Lichtental.

Er wartet an der Abzweigung zum unasphaltierten Parkplatz neben seinem roten Sportwagen. Springt, als er mich sieht, spukgleich und krawallig aufgebracht wie *Rumpelstilzchen* im gespenstischen Schein des eingeschalteten Fahrlichts um sein, mit laufendem Motor haltendes Auto und setzt sich nach dieser merkwürdig verstörenden Fußgänger-Ehrenrunde wieder auf den tiefen Fahrersitz. Ich parke beklommen hinter seinem 944. Zündung aus, Handbremse gezogen. Steige leider zu zögerlich aus.

Um mit ihm zu verhandeln. Um ihm seine kindische Aktion auszureden. Will ihn zurückhalten. Irgendeinen ungewissen Deal machen. Doch noch bevor ich neben seiner Tür stehe, rollt er wieder an. Seine miserable Parkplatz-Szene hat ihm keine Abkühlung gebracht.

"Jetzt zählt´s!" ruft er mir, mit

einem Blick aus zornigen, halb zuge-
kniffenen Augen durch die halb herunter-
gelassene Seitenscheibe zu. "Okay." Per-
plex.

Damit er endlich *sein* Rennen hat und
für immer Ruhe geben kann. Werde ihn <u>na-
türlich</u> gewinnen lassen. Dann hat er
seinen Triumph und hat sein Gesicht ge-
wahrt.

Zwiespalt. Zaghafte Unentschlossenheit. Oder? Wäre es nicht doch besser,
klüger, ihm seine Grenzen vor Augen zu
führen, ihm entgegentreten, ihn abzu-
strafen, und das auch noch in einem real
nur halb so starke unterlegenen Auto?
Vor allem wäre es eine peinliche Niederlage, zugefügt durch einen Fahrer, der
niemals motorsportliche Ambitionen ge-
hegt hat.

Weiß ratlos, verstört und verschüch-
tert nicht, was ich denken soll. Beunru-
higende Emotionen, grauende Müdigkeit
und starker Hunger vernebeln und zerrüt-

ten mir mein sonst so seriös verläßliches Entscheidungszentrum. Mein Auto, die spießige Langeweile, und personifizierte Vernunft, dabei genau wie der gegnerische - auch rote - und dabei so gegensätzliche Porsche in Neckarsulm geformt und in Blech gegossen, getauft auf den wunderbar uneitlen Namen Audi 80 GLS: springt jetzt nicht an. Motor elend abgesoffen. Ein wachrufender Wink des Himmels?

Etwa dreißig Sekunden oder eine Minute nach ihm fahre ich aufgescheucht *endlich* los. Ortsdurchfahrt Geroldsau. In der Dunkelheit ein erster beirrender Schreckmoment. Plötzlich taucht sie in meinem Blickfeld in der Mitte der rechten Fahrbahnseite auf. Langsam pirscht eine anthrazit-hellgrau-getigerte Katze auf ihrer eigenen Jagd - ohne jedoch mein herannahendes, wütend hupendes Auto wahrzunehmen. Ist sie taub? Eine, von einer inneren Stimme eingeleitete, nie

geübte, instinktive, ruckartige Gegen-
lenkbewegung läßt die Reifen quietschen
und mich den bockigen Audi kontrolliert
abfangen. Gerade noch, bevor er ausbre-
chen kann und es zu einem fatalen Dreher
kommt. Ich komme links, im nicht vorhandenen Gegenverkehr und knapp vor einem parkenden Lieferwagen zum Stehen.
Kalter Schweiß auf meiner gefrusteten
Stirn. Klebriger an meinen Händen. Ge-
schwitzter Körper vom Geschehen: Casino-
streit, Laufen zum Auto, schnelles
Fahren in der Dunkelheit, damit verbun-
denes angestrengtes Sehen bei, für meine
arg dioptrinierten Augen schlechter
Sicht, und jetzt: dieser Beinaheunfall.

Nervenkrise. Innerlich zittere ich er-
bärmlich, seltsamerweise sind meine Hände dabei vollkommen unbeeindruckt ruhig.
Äußerst konzentriert fahre ich mit redu-
ziertem Tempo weiter durch den Ort und
hole N, wie durch ein Wunder, bald ein.
Er scheint diese Passage sehr langsam

gefahren sein. Würde ihm gerne in seinen
Wagen rufen, "Stopp! Halt an!".

Höre stattdessen wie er, wahrscheinlich nach einem intensiv-neurotischen
Blick in seinen Innenspiegel, den fri-
sierten Porschemotor auf sicher irre hohe Drehzahlen bringt.

Von hier aus, geht es in den bewaldeten Anstieg. Hoch zum Mummelsee auf rund
eintausend Höhenmeter. Der Bergsee ist
bei diesem Tempo in weit weniger als
zwanzig Minuten zu erreichen. Die Tacho-
nadel in der linken Rundanzeige des Ar-
maturenbretts steht fast senkrecht. Der
Drehzahlmesser im rechten Rund zwischen
fünf und sechs. Laut, und nahe am oran-
genen Bereich. Nach gefühlten Sekunden,
in Wahrheit aber mindestens zwei
schreckliche Minuten später, kommen wir
hinter einer scharfen beinahe Hundert-
achtzig-Grad-Rechtskurve und einem kurzen Geradeausstück an diese Abzweigung.
Links oder rechts?

Mittendurch, genauer gesagt: leicht rechts, geht es auf die Landstraße. Hinunter zu den wenigen Häusern von Neuweier. Der Verlauf der Höhenstraße B500 ist jedoch scharf links. Weiter hinauf. In einem leichten Drift biegt N links ab, ohne daß seine Bremslichter aufleuchten würden, und ohne auf kreuzenden Verkehr zu achten. Auf die Bundesstraße.

Die B500, die fast stetig ansteigend, selten steiler, noch seltener fast flach oder sogar leicht abfallend ihren intuitiven Weg durch den Schwarzwald windet.

Im Sommer bei Sonnenschein erfreuen sich viele an einer gemütlichen Fahrt durch den Mischwald aus Buchen und Tannen, Kiefern und Fichten. Genießen den Rhythmus der wechselnd spitzeren und stumpferen Kurvenradien. Mal links, mal rechts herum. Dazu der berauschende Stroboskopeffekt der Lichtblitze, dem schnellen Wechsel zwischen Sonnenlicht und tiefen Schatten. Jener Hypnoseeffekt wird perfekt verstärkt durch sich vermeintlich wiederholende, scheinbar gleichartige Streckenabschnitte.

Ich bin nicht in Trance. Oder? Ich bin hellwach. Jetzt. Es ist die pure Angst, Angst vor abrupt und schlagartig auf die Fahrbahn laufenden Tieren. Rehen oder Wildschweinen. In Kurven bin ich sogar langsamer als das Tempolimit.

Weit weniger als fünfzig. N schaltet vor den Kurveneingängen herunter, um danach umso rasanter auf die nächste Gerade herauszubeschleunigen. Halsbrecherisch schneidet er alle Kurven. Nennt man wohl Ideallinie. Denke, daß ich ihn irgendwo hinter den Serpentinen überholen werden kann. Immer wieder unterbrechen, rechtwinklig zur Fahrbahn gesetzte Abzweigungen in kleine geteerte Straßen oder Einmündungen in Waldwege die Baumreihen. Obwohl ich die Strecke schon öfter gefahren bin, meine ich selbst tagsüber, nach dieser oder jener Kurve, schon an einer viel weiter entfernteren Stelle zu sein. Illusion: Schon mehr Strecke zurückgelegt zu haben. Gefangen in der Wahnvorstellung. Es hält allerdings noch an. Die B500 zieht sich hier nur zum Schein ewig.

Mittlerweile fahren wir erschreckend dicht hintereinander. Rast er nicht mehr so waghalsig? Wird er langsamer? Hat er sich genug abreagiert? Jedenfalls bin ich *omnimodo facturus*[33], das ganze Drama hier zu beenden.

Wenigstens will ich ihm so sehr seinen Schneid abkaufen, daß er jede Lust auf die weitere Fortsetzung oder künftige Neuansetzung dieser irren Rallye verliert. Mein Plan: ihn, der seinen Möchtegern-Porsche pilotiert, ihn, den selbsternannten *Superfahrer*, ihn mit meinem wahrhaftig hoffnungslos unterlegenen *Beamtenauto* überholen.

---

33 Täter, der fest und unter allen Umständen entschlossen ist, die geplante Tat zu begehen. Je nach Ansicht kann er nicht mehr angestiftet werden.

Dann, nach einer weiteren Minute, einer Minute des abwägenden Nachdenkens, endlich ein längeres Flachstück schnurstracks, vielleicht sogar leicht hinab. Das ist *der* Platz zum Überholen. Ich setze an, vorschriftsmäßig den *Fahrtrichtungsanzeiger* links geblinkt. Neben ihm. Schaue herüber. Nehme sogar meine rechte Hand vom Lenkrad und deute mit der flachen Hand nach unten. "Mache langsam, Es reicht." Er schaut stur nach vorn. Sieht nicht zu mir her. Schere mit ausreichend Abstand vor ihm wieder ein und gebe danach kein Gas mehr. Die Drehzahl kommt herunter. Luft- und Rollwiderstand reduzieren mein Tempo. Der Adrenalinkick beginnt abzuflachen.

Doch keine dreißig Sekunden später überholt er mich. N ist wieder in Führung. Ausbremsen gescheitert. Meine Botschaft nicht angekommen. Mein Unwohlsein, mein Frust und meine Antipathie wachsen.

Jetzt, weitere fünf, sechs oder doch schon sieben erhitzende Minuten Fahrt den kurvigen Berg hinauf, endlich rechts der Gasthof, Schwanenwasen, nach einer langgezogenen Rechtskurve in einer ausgedehnten Linkskurve, die wiederum in eine lange Rechts übergeht. Man könnte es fast schon eine schön geschwungene, schnelle Schikane nennen. Nervenkrieg. Gebe nicht auf. Jetzt nicht!

Habe Mühe, an N dran zu bleiben. Er scheint richtig vehement auf dem Gas zu stehen. Er fliegt geradezu über die Bühlerhöhe. Will mich kleinkriegen. Mutlos machen. Die Bühlerhöhe ist fast der Höhepunkt. Die Fahrbahn wird schwärzer. Feuchter. Vorbei am alten, schloßartigen Sanatorium, das demnächst als feine Grundig-Klinik neu eröffnet werden soll. Eng hintereinander fahren wir in die Höhe. Vorbei an der, weiter hinten im Wald und daher nicht zu sehenden kleinen Marienkirche. Was folgt, ist noch eine

schnelle, wenig beängstigende links-
rechts-links-rechts-Kombination, ein ge-
rades Tannenwaldstück schließt sich an,
auf dem mache ich etwas Boden gut, und
schlußendlich die weitläufig ausladende
Kreuzung, an der es, wenn der vor Tagen
in der Ferrari-Werkstatt verabredete
Plan noch gilt, links die letzte Serpentine mit den vielen Schlaglöchern am
Fahrbahnrand hinauf zum Touristenpark-
platz am unteren Mehliskopf gehen soll.
Was macht N?

Der Irrsinnige prescht ohne Stopp und
ohne Hemmungen über die, Gott sei Dank,
menschen- und tierleere, dunkel im Win-
zigtröpfchennebel liegende Kreuzung. Er
scheint mir wie Rudi Dutschke zuzurufen:
"*Der Kampf geht weiter!*"

N folgt der Rechtskurve der Höhenstraße mit ihrer kaum merklichen Krüm-
mung. Ich *gezwungenermaßen* hinterher.
Bin völlig aus meinem inneren Gleichge-
wicht. Als sein zögerlicher Verfolger.

Quäle meinen Audi und trete das Gaspedal zum allerersten Mal voll durch. Die hohe Drehzahl erschaudert mich. Komme seinem 944 Meter für Meter näher.

Für einen Überholversuch bin ich noch zu weit entfernt. Vielleicht vierzig Meter, vielleicht auch weniger. Hier, die fast neunzig-Grad-Kurve am Bergheim Hundseck. An dieser Kreuzung geht es scharf rechts nach Nickersberg. Wir bleiben feindselig auf der Fünfhundert. Ich weiß, daß gleich wieder ein Stück mit Überhol-, und am Tag bei klarem Wetter touristisch wertvollen Aussichtsmöglichkeiten folgt. Je nach Tiefe der Wolken ist dieses Stück zeitweise im dichten Regen ver- hangen, oder sogar *über den Wolken*, oder über dem Nebel. Ohne mahnende Orientie- rungspunkte habe ich mich im Dunkel völ- lig ver-, und das Vermögen des Limousi- nenfahrwerks überschätzt: Die nächste, für Unerfahrene, fast schon unerwartet scharfe Rechts bei Unterstmatt zudem unterschätzt. Gezwungen heftig bremsen, um nicht geradeaus zu schießen. Stehe mit Herzensangst und ganzer Kraft meines untrainierten rechten Beines auf dem Pedal. N zwei Wagenlängen vor mir hat es mit seinem Porsche nur knappst geschafft, die Breite beider Fahrspuren nutzend. Fürchterlich heulender Motorlärm, weinerliches Reifenrutschen. Knackender Radioempfang, den Höhenmetern oder den dichten Bäumen geschuldet. Aus den beiden Stereolautsprechern im Armaturenbrett knistert stampfend der Boney M. Hit *Nightflight To Venus*.

Jetzt folgt nicht mehr viel quälende Zwangsstrecke bis zum befreienden See. Spüre Erleichterung. Durchatmen. Bin fast froh, gleich am Leidensende Mummelsee angekommen zu sein. Hinter einer langgezogenen, fast schon Hundertachtzig-Grad-Wende ruht er sanft in den dunklen Wald eingebettet. Auf der linken Straßenseite direkt hinter dem Gasthof an der Bundesstraße: Links Mummelsee, Rechts Talblick. <u>Ziel</u>.

Allein, so weit ist es noch nicht! Noch wenige Minuten, noch einige wenige hundert Meter, nur knappe Kilometer, bis zu seinem Sieg, bis zu dem Punkt, an dem er hoffentlich weit genug gegangen, weit genug gefahren ist, um - so meine Erwartung - wieder etwas beruhigter zu sein. Ende des <u>Verfolgungs-Wahns</u>. In Frieden.

Die Nacht hat ihre eigene schreckliche Dynamik. So kurz vor dem Ziel kreuzt N jetzt unverschämt provokant auch auf den geraden Teilstücken die Fahrbahn vom rechten Straßenrand zum linken. Und von links nach rechts. Schlingert leicht. Die Karosserie mit der überdimensionalen Heckscheibenkuppel schwankt und schaukelt. Mir graust. Hat er ein Problem mit seinem Auto? Mit der Lenkung? Mit dem Fahrwerk? Oder mit sich selbst? Sollte ich ihn vielleicht erneut überholen und dann, diesmal in der Mitte der Straße

<u>einbremsen</u>? Lähmende Ratlosigkeit. Besser nicht! Aussichtslos!

Augenblicke später bin ich nur wenige Meter hinter ihm, bleibe ganz außen, ganz weit rechts, während er sich mit seinem Sportgerät auf der gesamten Fahrbahn breit macht. Sein Targa verzögert jäh, sehe die Bremsleuchten aber nicht aufleuchten. Oder vielleicht eine Sekunde zu spät? Bemerke den drohenden Auffahrunfall. Trete sofort in höchster Not, mit voller Kraft auf die Bremse. Schon wieder. Das mittlere Pedal fällt nach der Vollbremsung von vorhin etwas weicher und etwas tiefer Richtung Boden, bevor endlich, endlich die ganze Verzögerungswirkung auf die schmalen Reifen einsetzt. Ziele mit der Lenkung unverändert leicht nach rechts. In die eigentlich zu enge Lücke zwischen seinem Sportwagen und dem Fahrbahnrand, um ihn nicht voll zu treffen - *falls* meine Bremsleistung nicht ausreichen sollte.

Meinem Audi und mir wird auf dieser unebenen Straße, in dieser Sekunde, alles abverlangt. Physikalische Gesetze sollen *jetzt* nicht gelten. Frontantrieb. Ängstliche Lenkbewegung. Simultan: traumatische Notvollbremsung. Übermächtiges Untersteuern. Blockierende Reifen.

Mein dunkel ahnungsvolles und dabei gleichzeitig ahnungslos dilettantisches Geniestreich-Manöver dennoch geglückt! Denke ich. Hoffe ich.

Entweder ist er durch mein Auftauchen in der Höhe seines Kofferraums so stark irritiert und verreißt dadurch sein Steuer; oder, ich habe seinen Wagen tatsächlich ganz hinten, ganz rechts, ganz außen, ganz leicht, ganz minimal berührt? Die stöhnenden Reifen auf der glitschigen Straße und das dünne, eh vibrierende schwerfällige Lenkrad geben wenig aussagekräftige Rückmeldung. Zumindest keinen großen Ruck. Und doch: fassungsloser Fehlschlag.

N wird ungebremst zur linken Seite, bergauf gedrängt, prallt dort frontal an, dreht sich innerhalb einer Schocksekunde mit seinem Porsche entgegen der ursprünglichen Fahrtrichtung und landet im rechten Abhang, ausgerechnet in einem Abschnitt ohne Leitplanke. Verhängnisvoll. Der Sportwagen rutscht immer weiter, strudelt immer tiefer und tiefer bis an eine Kiefer. Prallt frontal auf. Klonkt. Überschlägt sich längs. Glas klirrt und berstet. Irgendwie ist N aus seinem Auto gefallen.

Der Porsche landet schließlich wieder auf seinen Reifen. Und fängt leise an zu brennen. Kleine flackernde Flammen. Das Feuerchen erstirbt rasch wieder. Nicht wie im Film. Keine gewaltige Explosion. Bizarr. Nepomuk sofort tot?

Finde einen seiner gewonnenen Zehntausenderjetons im erdigen Schmutz neben dem kalten Asphalt. Surreal. Tief versunken in wirren schreienden Gedanken stecke ich ihn ein. Erschüttert. Übergebe mich in mehreren unergiebigen Schwällen wie ein hoffnungsloser struppiger Straßenköter ins dornige Gebüsch. Gebrochen. Kraftlos. Ächzend. Innerer Aufruhr. Bewege mich mechanisch. So ist es also, wenn man *wirklich* paralysiert und schockiert ist. *Wahnsinn.*

Bin an Ds Wohnung. Niemand öffnet. Erstarrt. Die Haustürklingel ausgeschaltet? Sind die beiden über das Wochenende verreist?

Versuche D von mir daheim aus anzurufen. Zögerlich. Zitternd drehe ich die Wählscheibe. Verwähle mich zuerst, weil ich die letzte der vier Ziffern der kurzen Rufnummer nicht weit genug ausgedreht hatte. Auch im nächsten Versuch: niemand hebt ab. Kein Anrufbeantworter.

Es ist schon wieder hell. Acht Uhr. Bei S in MEM[34] mitten in der Nacht. Zeitverschiebung. Anrufen bei ihr sinnlos.

---

34 Memphis

Bin aus der Fassung. Vernünftigerweise eine Sekunde hinlegen und etwas ausruhen. Ein unbestimmtes Gefühl.

Erinnere mich. Vorher zurück gefahren. Wollte wohl an der Tankstelle Geroldsau Hilfe holen. Komme an einer Bäckerei vorbei: der viel zu späte verschüchterte Notruf: Notarzt, Feuerwehr, Polizei. Völlig verkehrte Reihenfolge. Im Niederschreiben. Gedanken gehen quer. Ich stehe neben mir. Ich sehe von außen auf diesen Mann, der das alles gerade erlebt. Der diese bestürzende Porsche-Psycho-Rallye gerade schreibt. Das bin nicht *ich*.

Leider doch. Aber das darf nicht <u>wahr</u> sein! Das kann nicht wahr sein. Fassungslos. "Herr, mach´, daß alles nur ein böser Traum ist! So etwas passiert mir nicht!"

Ein Leben ausgelöscht.

§ 7

BB, Sonntag 30. November 86
Erster Advent

Erster Frost. Tiefer Trübsinn. Meine einzige und letzte *Hoffnung* auf Halt: kongruent zum Advent ist die erwartete Ankunft von S in drei Wochen. Wieder Modern Talkings schnulziger Liedtext: *You 're my heart, you're my soul*[35]. Viel zu spät registriert mein melancholisches Wachbewußtsein den Song, da ertönt bereits die Strophe, *bleibe in meinem Traum*, mir wird übel. Übergebe mich auf der Stelle. Immer noch keine Kraft, das Radiogerät auszuschalten. Der gutgelaunte Moderator erwähnt, die Lyrics seien von Dieter Bohlen unter seinem Pseudonym *Steve Benson* geschrieben worden.

---

35 Lyrics: Dieter Bohlen (1984)

Sollte/n jemals mein Roman und/oder diese *Memoiren* veröffentlicht werden, benötige ich dann auch dringend einen Decknamen. Es sei denn, ich kann das ausbaufähige sprachliche Niveau steigern, und vor allem, die traumatisch-tragische Handlung noch ins - <u>illusorisch</u> - Positive wenden.

Cary Grant. Gestern. Jetzt auch tot. *Der unsichtbare Dritte. Berüchtigter* Nepomuk - *Born to be Bad* - *im Wunderland. Wer ist Zeuge der Anklage?* Will immer wieder schreien: *Nicht so schnell, mein Junge.*

Und Mike Tyson seit acht Tagen wirklich jüngster Weltmeister im Schwergewicht. Hätte der, oder Nepomuk mich lieber mal an jenem Abend im Casino-Trubel k.o. geboxt.

Vor meinem inneren Auge gehe ich immer wieder das Geschehen vom Verlassen der Spielbank bis zum Betreten meiner Maisonette durch. Vor und zurück. Auf der

Suche nach übersehenen Details. In verstörender Zeitlupen-Endlosschleife. Was habe ich falsch gemacht? Mein Gewissen läßt mir keinen Schlaf. Eine Ursache führt zur nächsten. *Conditio sine qua non.* Eine Kette von Fehlern. Begonnen damit, Nepomuk vermessen Vorschriften machen zu wollen. Mich auf ein nächtliches Rennen eingelassen. Verzweifelt. Ihn vermutlich dabei *unfreiwillig* abgedrängt.

Unlustige Ironie: meine eigentliche feige Übervorsicht wurde ins krasse Gegenteil verkehrt: Nepomuks Handlungen lösten bei mir Neid-, Wut-, Haß- und Rachegefühle aus. Mit verheerendem Resultat. Jede Vernunft über Bord geworfen. Und wie im Rausch. Viel zu schnell gefahren? Könnte noch früher ansetzen. Denn der Besuch im Casino widerstrebte mir bereits. War die erste, zwar nicht moralisch, aber doch traurig kausale Fehlhandlung. Hätte ich auf meinen waschlappig-unschlüssigen Widerwillen gehört!

Kann es nicht glauben. Ab sofort keine lästigen Anrufe mehr. Von Nepomuk. Stattdessen rief heute mehrfach die Polizei an.

Halb acht abends. Den Anrufbeantworter abgehört. Eben. Auf der Dienststelle zurückgerufen. Der teilnahmslose Beamte am Hörer ist nicht im Bild, weiß nicht, worum es geht. Solle nächsten Morgen noch mal den zuständigen Kollegen anrufen. Was mich immer noch wundert, ist, daß die Polizei nur meine Aussage aufgenommen hat: sei ihm aus Sorge wegen seines vorausgegangenen Champagnerkonsums nachgefahren. Er wollte ja nach dem Casino zum Mummelsee. Den verunfallten Porsche unterhalb der Landstraße gesehen. Alles ohne bohrende Rückfragen protokolliert. Keine Auflagen. Es gab ja zwischen Nepomuk und mir auch *keinen* Streit. *Keine* Raserei. *Kein* illegales

Rennen...

Erwarte aufgrund dieser fast trügerischen Ruhe, daß bereits *im Geheimen* Ermittlungen gegen mich erfolgen. Und erwarte täglich, daß die Staatsanwaltschaft mich vorladen werde.

Kopflos. Bei jedem Telefonklingeln: rasendes Herzklopfen. Bebend-lähmende Angst, abzuheben: Düsteres Vorgefühl: Polizei? Oder jemand aus Nepomuks Familie mit wütenden Vorwürfen? *Die* wissen von der verhängnisvollen Raserei. Der vorausgegangenen Meinungsverschiedenheit und dem kleinen Handgemenge. Dummerweise mich verwirrt verplappert. Der *Kolumbianer*? Auf jedes unangekündigte Türklingeln öffne ich nicht. Psychotisch? Durcheinander!

Erfahren, daß Nepomuks fürchterlich entstellter Leichnam freigegeben worden sei; beerdigt werden könne. Die Familie hat mir nicht mitgeteilt, wann und wo. D knurrt kurz und knapp angebunden, "melde mich noch mal".

Klingt schwer angeschlagen. Spricht ganz langsam. Mit leiser Stimme. Sein eigentlich erstklassiges, an guten Tagen fast akzentfreies Deutsch, ist einem kaum zu verstehenden gebrochenen gewichen. Gebrochener Mann. Totaler Schock. Verständlich. Versuche kläglich, mein Beileid und Mitgefühl auszudrücken. Gescheitert. Mir fehlen die richtigen Worte. Worte überhaupt.

Später kein Kontakt mehr zu D. D meldet sich nicht auf meine Anrufe. Nepomuks Mutter am Telefon offenbar extrem verwirrt. Schlimm. Sagt nur "ja-ja, Nepomuk kommt bald wieder heim." Heim; er wohnte schon zu Lebzeiten die meiste Zeit *im Paradies*. In der so, zu recht benannten Straße an der klassischen Wasserkunstparkanlage. In einer, seinen Eltern gehörenden geräumigen Zweizimmer-Zweitwohnung. Ich im wenig mondänen Vorort in einer unscheinbaren Maisonette. Dafür bequem zufuß zum Einkaufen, mit dem Auto wenige Minuten zum AG[36] und zur Kanzlei nach KA, schnell zum Casino und angenehm kurze Distanz zur Rennbahn in Iffezheim.

Erinnere mich vom Mittagessen nur noch ans Dessert: Grieß-Vanille-Pudding mit viel Sahne. Jetzt im Kühlschrank ein angebrochenes Glas Antipasti, eingelegte Paprika. Keine Ahnung von wann? Noch von *vorher*?

Eine Woche keine Wäsche gewaschen oder in die Reinigung gebracht. Dort warten noch fünf Hemden auf Abholung. Meine weißen getragenen: übereinander auf dem Sessel abgelegt. Ach, zwei Krawatten zum Wechseln hängen in der Kanzlei.

---

36 Amtsgericht

§ 8

BB, Samstag 20. Dezember 86

Vier Pfund weniger angezeigt auf der
Soehnle-Waage. Niedergedrückt. Der see-
lische Streß. Das angebotene Mittags-
tischmenü, die badisch-algerische Varia-
tion einer Rindfleisch-Speck-Bohnensuppe
mit Kartoffeln, kombiniert mit Reibekuchen. Im Anschluß einfacher Streusel-
kuchen. Nur die Reibekuchen aufgegessen.
Freudlos. Kann nicht genießen. Juna
schaut mich mit ihrem offenen Gesicht
voller Zweifel fragend an, murmelt zum
Glück aber nichts verständliches. Dazu
kommt: noch weniger Zeit für Mittagspause. Kann mich am Schreibtisch nur mit
höchster Kraftanstrengung minimal kon-
zentrieren.

Gestern wurde § 129a StGB durch das

Terrorismusbekämpfungsgesetz verschärft.
Zum 01.01.1987. Ob die neuen Katalog-
straftaten und die Kompetenzerweite-
rungen für die Generalbundesanwaltschaft
und die OLG im Kampf gegen die wahnsin-
nige *RAF* so viel ausrichten werden? Was
ist schon Wahnsinn?

Normal wäre: mein Interesse an den
mutmaßlichen Auswirkungen der Gesetzes-
änderung. Normal für mich wäre: jede Be-
richterstattung aufzusaugen zu Krisen,
Affären, Bedrohungen des Rechtsstaats,
Terror... Persönlicher Horror-Terror hat
mich ganz nah eingeholt. Intensiv. Und
Deprimierend.

Gestern außerdem mit Maria telefo-
niert. Nach ihrem Brief aus Monte Carlo.
Darin sie mich um Gespräch gebeten. Rief
mich wie angekündigt an. Sie tut so ver-
ständnisvoll. Als sei alles schwerer für
mich. Und sie nur die unbeteiligte
Außenstehende. Vertauschte Rollen! Sie
hatte ein paar Fragen (vorgeschoben?),

wie es in der *Nachlaßgeschichte* ihres Bruders weitergehe? Wie der normale Ablauf bei sowas sei. Wer sich um was kümmern solle? Erzählt davon, daß Nepomuk schon vor Jahren zu ihr meinte, er werde sicher nicht alt. M[37] meinte in ihrer erschreckend direkten Art "genau dieses Gefühl, daß Nepomuk, so wie er lebt, so wie er lebte, das bekam, das hatte, was er wollte. Und vielleicht jetzt *final* das hat, was er eigentlich immer wollte?! Dort ist, wo er immer hin wollte? Klingt das verrückt?!". Bin jedenfalls erleichtert, daß sie **es** so scheinbar oberflächlich und unglaublich nüchtern als von ihm und vom *Schicksal* gewollt interpretiert. Kann das sein?

Abend: In mir dreht sich alles. Kann kraftlos meine Gedanken nur notdürftig sortieren.

Vorhin kurze Nachricht erhalten. S

---

37 **Maria**

kommt doch nicht aus MEM über die Feiertage nach Hause. Zumindest nicht zu mir. Kann nicht glauben, daß sie nicht wenigstens, wie jedes Jahr, die Tage rund um den trüben Jahreswechsel auf dem elterlichen Weingut zusammen mit ihrer Großfamilie verbringen wird.

Daß wir letztes Jahr noch nicht zusammengezogen sind: Fehler? Unverbindlichkeit statt Vermählung. Falsch? USA-Entsendung statt Schwarzwaldidyll. Besser?

Ihre Wohnung in einem renovierten, zweihundert Jahre alten Nebengebäude. Wirtschaftsräume, zum offenen Loft fast ohne Wände, nur mit alten, freigelegten Holzquerbalken um- und ausgebaut.

Denke, sollte einfach dort vorbei fahren.

Denke weltfremd, "Na los, belüg' mich! Sag mir, daß du mich liebst. Sag mir, daß ich der einzige bin."

Denke tiefbetrübt, wie rasch einmal ausgesprochene Worte farblos werden und verblassen können.

Denke dabei erschöpft unwillkürlich an Depeche Modes *Lie to Me*[38].

Denke nicht weiter nach.

Super-GAU.

---

38 Lyrics: Martin Gore (1984)

TEIL

B

LEBEN

& STERBEN

§ 9

BB, Sonntag 21. Dezember 86
Vierter Advent

Ich habe gerade den schrecklichsten Monat meines gesamten Erwachsenenlebens hinter mir. SWF3 sendet Boney Ms *Little Drummer Boy*, als die nächste entmutigende Hiobsbotschaft mich trifft.

Aufgelöst ruft M an. Endlich erreiche sie mich. Ihr Vater D liege seit gestern in der Klinik auf Intensivstation. Schlimmer Schlaganfall! Es sehe nicht hoffnungsvoll aus. Pessimistisch. Mit dieser bestürzenden Folgekatastrophe habe ich nicht gerechnet. Das weitere scheinbar unaufhaltsame Verderben packt mich völlig unvorbereitet. Mein Gehirn schaltet in seinen archaischen Notmodus.

Jetzt mehr als irrelevante Gedanken

tauchen blitzartig auf. Daß Nepomuks Vater eigentlich im Frühling mit seiner Frau eine Genußtour über die Alpen an die Côte d'Azur plante. Im weiteren Verlauf, die Riviera entlang nach Monte Carlo. Zu M. Den Sommer in Nizza in der Nähe seiner Tochter verbringen. Wegen der bevorstehenden Geburt seines ersten Enkelkindes.

Stattdessen, hoffnungslos vom Gram gebrochen? D sollte eigentlich die freien Tage mit seiner ganzen Familie genießen. Alle lebendig. Und jetzt?! D im Hospital. Ringt um sein Leben. Beklemmendes Desaster. Weltschmerz.

Belanglose Einzelheiten kommen mir in den Sinn: Als Nachfolger seines weißen Saab 99 und dem anschließenden wieder uni-weißen Klischee-Saab 900, bestellte D sich aktuell den frisch vorgestellten, nicht weniger arztstereotypen - die Realität ist manchmal eine Satire auf sich selbst - 911 Carrera Cabriolet.

Den Porsche hat er sich nun doch schon, und nicht wie ursprünglich geplant, erst zur Pensionierung liefern lassen. Grandprixweiß uni. Passend zu seinen mittellangen, schneehasenweißen Haaren. Ausgestattet ist das Cabrio mit blauem Leder und marineblauem Verdeck, dazu schwarze Felgen-*Füchse*. Amüsiert gab D die Anekdote zum besten, daß er sich vom viel zu jungen, viel zu schnöselhaften und viel zu inkompetenten Verkäufer, der den Senior der Niederlassung vertrat, den Riesenspoiler des Turbomodells nicht aufschwatzen ließ, obschon das Ungetüm *gern genommen* würde.

Beinahe hätte er sich wegen des Verkäufers aus der *jungen Brut* noch umentschieden und, dem sehnlichen Wunsch seiner Ehefrau entsprechend, einen mondänen Mercedes-Benz 500SL gewählt.

Wie alles mit D begann? In der Warteschlange vor einem der Wettschalter in Iffezheim. In den Sechzigern. D fragte mich, ob ich mich mit den verschiedenen Arten der Wettkombinationen auskenne. Sieg- und Platzwette konnte ich hoffentlich halbwegs richtig erklären. Bei irgendwelchen Variationen, variablen Wettquoten und bedingten Wahrscheinlichkeiten war ich mir zu unsicher. Viel zu jung? Viel zu schnöselhaft? Dem damals schon älteren Herren bei eigener völliger Ahnungslosigkeit etwas selbstsicher zu erzählen, verbaten mir seine autoritäre Frisur, seine aristokratische Nase, vor allem aber sein strenger Blick aus winzigen, tiefliegenden hellblauen Augen.

"Das hörende Ohr und das sehende Auge, Jehova hat sie alle beide gemacht."[39]

Meine ängstliche Schüchternheit konnte ihm nicht verborgen geblieben sein. Beruhigend gemeint, mich allerdings nur noch mehr verunsichernd, wies er mich

39 Sprüche 20, 12 (Elberfelder Bibel 1905)

mit erhobenem rechten Zeigefinger darauf
hin, daß er immer alles detailliert prü-
fe, bevor er handle:

"Der Einfältige glaubt jedem Worte, aber
der Kluge merkt auf seine Schritte."[40]

Und schon war das Warten am Wettschalter beendet. Von **Attila**, **Goldbube** und
dem **Kronzeugen** habe ich, glaube ich,
bereits in einem der frühen Einträge geschrieben?

Der zweite, diesmal gemeinsam verabredete Besuch auf einer Pferderennbahn
führte in die herbstliche saarländische
Provinz nach Güdingen oder war es doch
schon in Frankreich? Bei Abgabe seiner
nächsten Wette legte er zur Überprüfung
seine Wettscheine vom vorausgegangenen
Tagesrennen der Schalterdame vor. Kann
mich nicht mehr an die exakten Namen
erinnern, jedenfalls gewann der haushohe
Favorit, nennen wir ihn, den acht-

---

40 Sprüche 14, 15 (Elberfelder Bibel 1905)

jährigen *Enduring Mayday* mit drei Längen Vorsprung vor dem mutmaßlich bayrischen Außenseiterneuling *Halleluja* und dem eventuell französischen Vorjahressieger *Magic Mystery*. Glück oder Zufall, aus Versehen hatte D genau diese unwahrscheinliche Kombination markiert und konnte nun bei einer Quote von weit über Hundert zu eins eine *ordentliche, nette, hübsche* vierstellige Summe auf seinen Einsatz von immerhin zehn Mark kassieren. Was für ein unverhoffter und dabei fast unbemerkt gebliebener Gewinn. Als Belohnung dafür, und in der Hoffnung, ein Glücksbringer für den nächsten Lauf und die nächste Wette zu sein, wurde ich zu einem weiteren Glas Champagner eingeladen. Unsere Tips auf das letzte Rennen waren Nieten. Unser Sieganwärter *Guten Morgen* kam schlecht aus der Box und fand bis zum Ende nicht in seinen Rhythmus. Der Weg nach vorne versperrt durch ein andauerndes Gerangel mit ständigen Spur-

wechseln im Mittelfeld zwischen dem
alten *Ramses Junior* in seinem letzten
Rennen und dem dunkelbraunen *Moses* mit
seinem unerfahrenen Jockey im gelb/blau-
karierten Jersey. Kopf an Kopf pas-
sierten *Perfect Son* vor *Champagne II* im
Fotofinish den Zielstrich. Die von ihm
und mir jeweils gesetzten fünfzig Mark
Wetteinsatz verloren. Aber eine bis
heute andauernde Bekanntschaft und vielleicht - jedenfalls bis vor kurzem - sogar Freundschaft zur Familie fanden ihren Start an diesen beiden Sonntagen auf
den südwestdeutschen Galopprennbahnen.
Irgendwo zwischen Start- und Wettboxen.

Ds Frau, ursprünglich aus der Tschechoslowakei mit böhmischen Vorfahren
stammend, eine reine Hausfrau, mit er-
heblichem, ererbten Vermögen fand diese
Nachmittage als Familienausflüge *fan-
tastisch* und *herrlich*. Das *grandiose*
Spektakel faszinierte sie, im selben
Atemzug verurteilte sie die ober-

flächlichen Orte und das flüchtige Ver-
gnügen.

Kompatibel, wenn schon nicht zu meiner
schwermütigen Stimmung, so zumindest zu
diesen, mehr als zwanzig Jahre zurückliegenden Pferderennszenen ertastet die
Plattenspielernadel die, in den Rillen
kodierten hohen Stimmen, unterlegt mit
den Synthesizer-New-Wave-Klängen von Depeche Modes Gesamtkunstwerk *Everything
Counts*[41].

Ebendies schien die <u>Quintessenz</u> des
wortlosen Deals - Wochen später - allein
besiegelt durch den durchdringenden stechenden Blick aus zwei eisblauen Augen,
verbunden mit einem unerwartet, und daher als ungewöhnlich schraubstock-klam-
merhart empfundenen Händedruck gewesen
zu sein:

"Eisen wird scharf durch Eisen,
und ein Mann schärft das Angesicht

---

41 Lyrics: Martin Gore (1983)

des anderen."[42]

Ein unausgesprochenes, aber deutliches: "Hab´ ein Auge auf meinen unbeherrschten Sohn", das männliche von zwei schwarzen Nachwuchsschafen in der Familie, bei zwei Kindern insgesamt, "und ich werde sehen, was ich" *als guter Hirte* "mit meinen Kontakten und meinem Einfluß für deine weitere berufliche Karriere tun kann."

Zum Abschied, damals sein, mit noch starkem Akzent an mich gerichteter, gut gemeinter Rat; sinngemäß, daß ich auf meine Gedanken und Gefühle achten solle, weil diese über meine Zukunft, mein Schicksal entscheiden. Das ist mir immer noch präsent. Wegen der schwülstig-skurrilen Sprache:

"Behüte dein Herz mehr als alles,

was zu bewahren ist;

---

42 Sprüche 27, 17 (Elberfelder Bibel 1905) und eines von Ds Leitmotiven

denn von ihm aus

sind die Ausgänge des Lebens."[43]

Kurzer Nachtrag: Ds Zustand hat sich
Weihnachten merklich gebessert. Der alte
Arzt: anscheinend guter Dinge? Leidvoll
Kämpfen und Selbstdisziplin bis zum
Ende!

Mein Besuch unerwünscht.

---

43 Sprüche 4, 23 (Elberfelder Bibel 1905)

§ 10

BB, Dienstag 30. Dezember 86

Heute knappe Notiz: morgen Silvester. Froh darüber. Dieses Jahr ging es rauf und runter. Meist runter. Vor allem seit ich vierzig bin.

Sorge vor solchen, in den Kalender einschneidenden Feiertagen normalerweise für eine mehr als nur oberflächlich aufgeräumte Wohnung: die Wäsche gewaschen und ihren Kategorien entsprechend, ordentlich gefaltet im Schrank. Keine ungeöffneten, unbeantworteten Briefe. Keine unerledigten Rechnungen. Kurz: es sollte alles in guter Ordnung sein. Dieses Jahr ist alles anders.

Eher Feierabend gemacht. In der Kanzlei Unwohlsein vorgeschoben. Und jetzt tatsächlich beklemmendes Gefühl im

Bauch. Am Rostbraten mit goldbraunen Zwiebeln und Bubenspitzle kann es nicht liegen. Eigentlich. Am Kakao-Schmandkuchen mit dunkler Schokoglasur auch nicht.

Vierzehn Uhr. Versuche etwas auszuruhen. Lege mich hin. Schlafe nachts kaum. Bin gefühlt ganze Nächte lang wach. Ein paar Regentropfen klopfen aufs Dach. Desolat.

Später: Der Feind greift hinterrücks wieder an. Geweckt durch ewig langes Telefonklingeln. Immer wieder. Im Abstand von Minuten. Es ist M.

Dragan letzte Nacht gestorben. (So wie der alte Staatsmann und ehemalige britische Premier Macmillan.) Fast genau sechs Wochen nach Nepomuk. Zunächst verschlechterte sich Dragans Zustand stark. Nach einer Not-OP dann Koma. Nicht mehr aufgewacht. Bin geschockt. Bestürzt. Obwohl vielleicht damit zu rechnen war. Es zieht mir regelrecht den Boden unter den Füßen weg. Auf dem Stuhl sitzend. Ein neuer tieferer Tiefpunkt. Eine neue krasse Katastrophe. Konsterniert. Endloser Alptraum? Warum nur?

M, Ende Zwanzig, fünf Jahre jünger als Nepomuk, ist, wenn ich mich richtig erinnere, mit diesem kolumbianischen *Geschäftsmann* verheiratet. War es Dragan, der mir erzählte, daß sein Schwiegersohn mindestens zwanzig, fünfundzwanzig Jahre älter als seine Tochter sei, und, als dieser heißblütige südamerikanische *Wüterich* sie kennenlernte, angeblich gerade erst, nach mehreren Jahren Haft, aus dem Zuchthaus kam? Demnach wäre ihr Scarface-*Kolumbianer* jetzt um die fünfzig.

M bleibt voraussichtlich noch eine Woche. Allein? Damals hat sie eine Ausbildung zur Krankenschwester angefangen, bald darauf - warum eigentlich? - hitzköpfig und kurzerhand abgebrochen. Lebt seit fast zehn Jahren in Monte Carlo. Will sich jetzt um alles Notwendige kümmern. Ihre größte Sorge gilt der Versorgung ihrer vergeßlichen Mutter. Die ist mittlerweile so senil, daß sie von den beiden miteinander verkoppelten Dramen dank ihres, neuerdings wieder kindlichen Gemüts absolut *nichts* mitbekommt. Sie wartet, Tag für Tag aufs Neue, daß ihr Mann aus dem Krankenhaus – von seiner Arbeit! – nach Hause, und der Junge sie besuchen komme. Er sei ja noch am Sonntag da gewesen und wolle schon bald wieder zurück sein. Die Mutter weilt in ihrer eigenen, heilen Welt. Geschützt vor einem ansonsten unausweichlichen Nervenzusammenbruch.

Gibt es etwas, das mich aus meiner bedrückenden Zwangslage befreien wird? Aus einer miserablen Zwangslage, in die ich mich allein hineinmanövriert habe. Gibt es etwas, das mich etwas hoffnungsfroher ins trübe neue Jahr schauen läßt?

§ 11

BB, Donnerstag 1. Januar 87
Neujahr

   Nichts. Ich habe heute den ganzen Tag nichts getan. Rein gar nichts. Ich habe nur ein bißchen Musik gehört. Jetzt hier Aufzeichnungen.

   Soll ich mich morgen krank melden? Ich war seit über zwei Monaten nicht mehr beim Friseur. Meine Haare sind noch nicht so lang wie früher Nepomuks. Fühlt sich aber für mich beinahe so an.

   Ich bin verzweifelt. In mir brodelt es. Ich kann dieses Gefühl aber weder beschreiben. Geschweige denn rauslassen. Wie?

   Ich sitze die meiste Zeit unter dem Dach. Ich weiß nicht, was ich tun soll. Wenigstens ist es nicht so kalt. Mittags fast zehn Grad warm. Sehr mild. Zum Glück hat es gestern fast den ganzen Tag leicht geregnet. Deshalb weniger Silvesterfeuerwerk als sonst. Ich kann mit diesem abgeschmackten Feierritual nun noch weniger anfangen als ohnehin schon.

Ich habe auch gestern die halbe Nacht auf dem Spitzboden Schallplatten gehört. Dunkle Gedanken rotieren endlos im Kreis. Wie schwarzes Vinyl. Niedergedrückt. Schmerzlich wie ein permanenter Nadelstich. Ins Herz. In den Magen. Verwirrend bestürzender Kreislauf. <u>Leben & Sterben</u>.

Warum hat der Schlaf mich nicht erreicht? Oder wollte ich selbst nicht? Mit meinem alten, abgewetzten Kopfhörer über den Ohren, der alten, abgewetzten Barbour über dem alten, noch nie zweckentsprechend getragenen Skipullover und einer Flasche alten Rotweins im Kopf. Aufgrund der erfreulicherweise verschmutzten, halbrunden Dachluke kein

Augenzeuge, kein Kronzeuge des Feuer-
werks geworden. Der Blick auf die düsteren letzten Ausläufer des Schwarzwalds
wolkenverhangen.

Würde ich behaupten, das Jahr ohne Alkohol *voll* gemacht zu haben, wäre es
eine Lüge. Mein Selbstbewußtsein ist
derzeit noch weniger in der Lage, selbst
einen solch kleinen Selbstbetrug zu verkraften. Ehrlicher wäre es, zuzugeben,
daß ich mehr und mehr in die alkoholi-
schen Fußstapfen Nepomuks trete. Details
unwichtig.

So lange mit dem Unterkörper unbewegt
- nur der durchdringenden Kälte und der
trübsinnigen Musik geschuldet, den Ober-
körper vor und zurück bewegt - im unbe-
quemen Schneidersitz gehockt, daß mein
linkes Bein eingeschlafen ist. Beim Auf-
stehen habe ich mir obendrein noch mein
rechtes Knie leicht verdreht. Bin vor
halbtotem Taubheitsgefühl links, und
elektrischem Schmerz rechts fast nicht

die schmale Stiege mit den versetzten Stufen zum Schlafzimmer heruntergekommen. Befürchtung, zu stürzen. Nullpunkt Gut unten angekommen.

Gut in siebenundachtzig angekommen?

§ 12

KA, Sonntag, 18. Januar 87

Am schlimmsten sind die entsetzlich eisigen Nächte. Bizarre Kälte. Sehe immer wieder den Ablauf des Abends. Wahnhaft. Unrast. Was hätte ich anders machen können? Wäre der Erfolgseintritt[44] zu verhindern gewesen? Wie? Was setzte die Kausalkette ursächlich in Gang: Wer? Wann? Warum?

Konstruiere alternative, abbrechende und überholende Kausalverläufe: Bin geknickt. Wäre Dragan nicht gestorben ohne den peinigenden Kummer um Nepomuk? Wäre die Mutter nicht derart in ihrer eigenen konfusen Welt aus Erinnerungen gefangen, ohne den Verlust ihres Ehemanns? Hat sie den Tod ihres Mannes und ihres Sohnes

---

44 Im Strafrecht enthält der Tatbestand eines sog. Erfolgsdelikts einen bestimmten Erfolg (z.B. den Tod eines Menschen).

doch realisiert? Ist ihre Senilität nur ein Schutzmechanismus ihres noch vorhandenen Verstandes vor zu heftigem Gram?

M hat sowohl meine angebotene Hilfe, als auch ein Treffen abgelehnt. Brauchen jetzt alle Ruhe. Zwischen M und ihren Eltern, soviel weiß ich von Nepomuk, gab es oft Spannungen. Besonders zur Mutter. Da wäre es nicht ungewöhnlich, wenn M aus Protest gegen die, streng an einen sühnenden Gott glaubenden Eltern, sich von dem alttestamentarisch-vergeltenden und Rache übenden Gott abgewandt hätte und gläubige Atheistin geworden wäre.

Immer noch bei jedem, mit Sirene herannahenden Streifenwagen, befürchte ich neurotisch, daß es unausweichlich gleich anhalten, und man mich mitnehmen werde. Jedes Mal erleichtert und gleichzeitig ambivalent etwas enttäuscht, wenn die Staatsmacht-Obrigkeit in gleichbleibendem Tempo vorbeifährt. Wann folgt meine

Strafe?

Frikadellchen mit Bratkartoffeln, vielleicht mein heimliches Nummer Eins Lieblingsessen, schmecken mir heute nicht und kommen mir fad und grau vor.

Sollte jemand diese Aufzeichnungen eines Tages lesen und trotzdem auf die abwegige Idee kommen, sie verfilmen zu wollen, hier meine *Regieanweisung*: es ist unbedingt ein brauner Kameralinsenfilter zu verwenden, der alle Farbkontraste in ein erdig-beige-vergilbtes Ton-in-Ton nivelliert. *So* fühle ich mich. Jede Wahrnehmung scheint gedämpft und eingefärbt. So, wie an einem bewölkten Herbsttag der Blick durch meine getönte Persol.

Ungeheuer positiver, ungeheuer belangloser funky-soul Song. Unpassend. Trotzdem. Und genau deshalb jetzt ein Ohrwurm. Macht mich aggressiv.

Weigere mich, mich mit den Lyrics von Boney Ms Song *Bahama Mama* eingehender zu beschäftigen.

Nachmittags: Mal unten am Briefkasten
gewesen: auf den weißen, fensterlosen
Umschlag ist eine Christine-Teusch-Fünf-
zig-Pfennig-Marke der Bundespost aufge-
klebt. Die maschinengeschriebene Botschaft von S: in sehr dünnen Worten.
Ihre Auslandsabordnung sei vorerst bis
Ende Siebenundachtzig verlängert. Das
Leben in MEM als *expatriate* tue ihr gut.
Tja. Erinnere mich an Dragans augen-
zwinkernd zum besten gegebene Lebens-
weisheit:

"Besser ist es,
auf einer Dachecke zu wohnen,
als ein zänkisches Weib
und ein gemeinsames Haus."[45]

Baut mich auch nicht auf.
Angemessener als Modern Talkings fröh-
lich-heiterer Trennungssong *Atlantis Is*

---
45 Sprüche 21, 9 (Elberfelder Bibel 1905)

Calling (S.O.S. For Love)[46]; jetzt protestierender New Wave Computersound von Tears for Fears: *Shout!*[47] Kraftvoller Refrain. Verbunden mit der, in der Strophe verpackten, verstörenden Aufforderung, alles rauszulassen. Zu verabschieden: sowohl eindimensionales Denken, als auch monotones Arbeiten.

Wehre es ab, mein alles verneinendes Leid zu akzeptieren. Allein, wie kann ich es bewältigen?

---

46 Lyrics: Dieter Bohlen (1986)
47 Lyrics: Ian Stanley, Roland Orzabal (1984)

§ 13

OBK[48], Sonntag, 25. Januar 87

Handschriftliche Notizen des obigen Datums aus dem schwarzen Moleskine zuhause per Olivetti-Reiseschreibmaschine auf reinweißes DIN A4 Papier übertragen. S̶c̶h̶e̶i̶ß̶/PC20 noch defekt. Nicht mehr ganz so kalt.

Oberkorn (It´s a Small Town) ist nicht nur die unheilvoll niedergedrückt klingende B-Seite, die vielleicht exemplarisch am anschaulichsten den Beginn der düsteren Bandphase markiert; und damit der denkbar krasseste Gegensatz zur heiteren Single A-Seite *The Meaning of Love* von Depeche Mode. *Oberkorn* versetzte mich schon beim allerersten Hören in tiefe Trance. Nein, *Oberkorn* ist nicht

---

48 Oberkorn: Dorf, nahe Esch/Alzette im sog. Dreiländereck

nur ein Instrumentalstück. Sondern dieses, auch etwas hügelige, aber im Vergleich zu Baden-Baden mir doch merklich
kühler und schneewittchenähnlicher-tief-
schlaf-vernachlässigter erscheinende OBK
ist auch seit vorgestern Abend mein
nihilistischer Aufenthaltsort.

Wäre ich nicht so unbeschreiblich un-
glücklich, niedergeschlagen deprimiert -
nein, ich plane derzeit noch keinen
Suizid vor laufender Kamera wie Budd
Dwyer[49] - würde ich die Ironie, jetzt
ausgerechnet an diesem - von meiner
Lieblingsband mit dieser ausgesprochen
melancholischen Hommage gewürdigten -
Ort zu sein, zu schätzen wissen und
könnte darüber lachen.

Von Dwyer herüber zu Bundeskanzler Dr.
Kohl ist zumindest rhetorisch - bei allen offenkundigen Gegensätzlichkeiten -
nur ein winzig kleiner Schritt: Ausgerechnet Yvi hat es geschafft, daß ich

---

49 US-Politikers erschoss sich am 22.01.1987 auf
   Pressekonferenz

zum ersten Mal überhaupt meiner Wähler-Bürgerpflicht[50] nicht nachgekommen bin. Selbst 1980, als ich zuletzt so richtig bettlägrig krank war, war es mir wichtiger, Franz Josef Strauß im Kampf ums Bonner Kanzleramt zu unterstützen, als meine Gesundheit zu schonen. Das eine ist gerade noch mal gut gegangen, das andere hat leider nicht gereicht: den selbstgefälligen sozialdemokratischen Selbstdarsteller Helmut Schmidt zu vertreiben. Der andere Helmut[51] wird heute dennoch höchstwahrscheinlich auch ohne meine verstummte Stimme im Amt wiedergewählt werden.

Exkurs: Ende. Zurück zur Exkursion nach Oberkorn und zurück zu Depeche Mode. Vor vier oder fünf Jahren hatten Depeche Mode ein Konzert gespielt im *Paradiso*. Klingt wie ein billig-Swinger-~~Puff/~~Bordell, ist aber der einzige kleine Club des Orts. An diesem sicher

---

50 Bundestagswahl 1987 am 25.Januar
51 Dr. Kohl

bemerkenswerten Abend hätte ich Yvi gerne kennengelernt. Habe leider erst einige Wochen später von dieser singulären Konzertgelegenheit erfahren.

Stattdessen traf sie dort ihren jetzigen, inzwischen schon wieder von ihr getrennt lebenden, noch nicht geschiedenen Ehemann. Lebenslustige Yvi. War es nur ein Traum? Zuhause in RA schlafe ich schlecht. Träume viel wirres Zeug. Ein einziges Gedankengetümmel.

Greife nach meiner neuen Armbanduhr, die auf dem Teppichboden liegt. Ein Klick. Ein Schub. Eine Drehung. Ein Einrasten: das beste an meiner neuen Uhr. Man kann das Gehäuse wenden. Die Ziffernblattseite verschwinden lassen. Und mit ihr die Zeit. Jetzt erscheint sie wieder ablesbar: acht nach zehn. Klassische Uhrenreklame-Uhrzeit. Sie schon lange in der Schule. Also kein Traum. Erinnere mich an überhaupt keine Träume aus den Nächten hier in OBK. Also auch keine Alpträume. Sowohl der moralische Richter: Goldbube-Nepomuk, als auch der stumme Ankläger: Attila-Dragan sind mir nicht bis hierher gefolgt. Noch nicht. Haben mich noch nicht in meinen Nächten eingeholt.

Vor zwei Wochen rief Yvi an. Was war noch mal ihr Grund? Erzählte ihr nichts von dem *Unglück*. Und nichts von meinem Zustand. Jedenfalls bin ich nun hier. Spontan. In ihrer Obergeschoßwohnung. In dem schmucklosen Mehrfamilienreihenhaus. In der unglaublich eintönigen Dorfstraße. In diesem Ort, der so viel Potential für mehr brachliegen läßt. In diesem Ort mit den großen, von hier nicht zu bemerkenden und doch nur einen Kilometer entfernten, trostlosen Industrieflächen des Eisenerztagebaus und des Stahlwerks von Déifferdeng. Nach rechts der Blick aus dem Fenster auf einen kleinen, etwas entfernten bewaldeten Hügel. Schön. Nach links Richtung Dorffriedhof. Nicht schön. War noch nicht Nepomuks Grab suchen. Wo liegt er? In Baden-Baden? In Bühl?

Diese Wohnung in OBK, genau die Umgebung, die ich, entgegen meiner diffusen Erwartung, jetzt womöglich zur Regeneration am wenigsten brauche! Wie weltschmerzsteigernd es mir erscheint, die Straße entlang zu gehen, Richtung Mini-Supermarkt. Den Audi widerwillig nicht bewegt. Stattdessen über vier Stunden, und sehr umständlich mit der Bahn angereist. Inklusive dreier Umstiege. Durch drei Länder. Über Straßburg und Metz in die Landeshauptstadt des Grand-Duché gefahren. Auf dem Fußweg vom Bahnhof zum *Lycée* in eines der zahlreichen Juwelierschaufenster geguckt. Ein großer Händler für gebrauchte Pretiosen. Der Laden öffnete gerade in diesem Moment nach seiner altertümlich-traditionellen Mittagspause. Das rechteckige Ziffernblatt ohne Ziffern, dafür mit Strichindexen, ist

mir direkt aufgefallen. Auf den ersten
Blick wirkte die Handaufzugs-Reverso zu
klein. Später, bei der spontanen Anprobe
an meinem Arm aufgrund der ungewohnten
Gehäuseform größer. Genau richtig. Wie
nennt man eigentlich ein Ziffernblatt
ohne Ziffern? Indicesblatt? Das schwarze
Indexblatt, oder etwas anderes - die
blonde, schlanke Dekorateurin? - zog
mich unwiderstehlich an und hinein.
Vielleicht war es doch der langsame Lauf
des Minuten- und der, noch langsamere
des Stundenzeigers. Eine mehr als
konservative Zweizeigeruhr. Kein Sekun-
denzeiger. Keine Sekunde für die Ewigkeit. Keine <u>ewige Sekunde</u>. Die ist es!
Kurzerhand, und hoffend auf Ablenkung
von meiner selbstverschuldeten psychi-
schen Misere, diese, selbst als *occasion*
eigentlich viel zu hoch bepreiste Reverso aus den Endsiebzigern gekauft. Ein
ungetragenes schwarzes Alligatorleder-
band montieren lassen. Und meinen, im

Vergleich zur Reverso optisch fast schon progressiv erscheinenden, immer noch präzise die zu stoppenden Zeiten messenden, dreißig Jahre alten Chronographen, meine geerbte ikonische Omega Speedmaster, die punktgenaue pre-Moonwatch, dem überrumpelnd argumentierenden geschäftstüchtigen Uhrmacher mit seinen pechschwarzen dünnen Haaren und dem südländisch-braunem Teint zu einem, für mich doppelt ungünstigen Kurs (Betrag und Wechselkurs) in Zahlung gegeben. Keine Gegenwehr. Keine Kaufreue.

Schnell weiter zu Yvi. Die war dann doch noch in ihrer Sprechstunde. Nach kurzer Begrüßung still im Nebenraum wartend in einem Stapel Mathearbeiten der Oberstufe geblättert. Meine Gedanken schweifen währenddessen von den Matheaufgaben immer wieder ab, hin zu der mysteriösen Bombenserie, die seit vorletztem Jahr das Großherzogtum verunsichert. Immer wieder.

Vor allem Strommasten. Auch Ziele: ein Gaswerk, der Flughafen, Polizeistationen, der Justizpalast, ein Schwimmbad und die Zeitung, ein europäisches Politiker-Treffen. Zum Glück immer wieder ohne Opfer. Diese Serie wäre genau nach Nepomuks Geschmack. Verkappter Revoluzzer. Doch seit etwa einem Jahr: Ruhe. Möge es die nächsten Tage auch so bleiben... Und gut: keine Schulen im Visier des/der verrückten Bombenleger.

Die hölzerne Verbindungstür zum Lehrerzimmer nur angelehnt. Früher unterrichtete Yvi in KA Geschichte sowie katholische (wirklich!) Religion, hier so etwas wie *Histoire* und vertretungsweise Deutsch. Falls ich das richtig behalten habe. In ihrem fast fabrikneuen Suzuki Geländefloh-SJ mit Einlitermotörchen (plante sie nicht ursprünglich, einen grauen *Golf Memphis* zu erwerben?) erzählt sie mir mit ihren übergroßen Kulleraugen auf der kurzen Fahrt vom

Lehrerparkplatz zum *Oberweis*, dem luxem-
burgischen Café König, was ich eben
halbwegs verstanden zu haben glaubte.
Mein Schulfranzösisch ist doch nicht
mehr so sonderlich erhalten. Anders, als
ich in meiner rein verstandesbezogenen
Selbstüberschätzung stets geglaubt hatte. Am Ende erwiesen sich meine verblie-
benen Kenntnisse als immerhin einigermaßen verläßlich. Jedenfalls bestätigt
sie, was ihr vierzehnjähriger Schüler,
Gideon, dritter Sohn des Vorsitzenden
des Schulfördervereins, ihr beichtete.
Vor zwei Wochen habe er nach einer Party
eines Klassenkameraden aus der Einfahrt
des zugezogenen, deutschen Nachbarn dessen Auto gestohlen. Der Mann habe sich
zu nazihaft über seinen nächtlichen Lärm
beschwert. Aus Rache, und um mit dem
alten Mercedes Diesel noch eine Spritz-
tour zu machen. Gideons Vater habe ihn
nicht, wie normal zu erwarten, zur Rück-
gabe gedrängt, ihn bestraft, oder was

auch immer, nein. Er stellte frühmorgens den Kombi auf dem nahen Bauernhof seines Schwagers in einer leeren Scheune unter, so daß der Junge in seiner Freizeit mit dem geklauten Wagen über den Hof und die abgemähten Felder fahren könne. Im Gegenzug werde Gideon nun gedrängt, die Vaterschaft für das noch ungeborene Seitensprungkind der geschwängerten Affäre seines Vaters anzunehmen, damit dieser Alimentenzahlungsverpflichtungen - *wirklich?!* - umgehen könne und es, vor allem keine teure Scheidung gebe. Lieber ein kleiner, als ein großer Skandal in der heilen Honoratioren-Familie. "Hmh, was, wenn es in Wahrheit doch das Kind des Schülers ist? Was, wenn der Pubertierende alles frei erfunden hat? Es ein schlechter Scherz des Jungen oder sogar gemeinsam mit dessen Eltern ist." Ich phantasiere. Vielleicht will man die Lehrerin auf die Probe stellen: was wird sie tun? Wen wird sie darauf ansprechen?

Wem wird sie davon erzählen?

Wie dem auch sei, während des Erzählens streicht sich Yvi immer wieder ihre naturroten Haare aus dem Gesicht. Für sie, die in den letzten beiden Jahren um die Hüften und vor allem um die Taille ein gutes Stück rundlicher, und damit für mich sehr viel unattraktiver geworden ist, gibt es im Oberweis ein paar Johannisbeere-Marzipan *petits fours* und *pour moi* nur ein großes Glas kaltes Wasser. Abends aus reiner Höflichkeit ihre Bouneschlupp mit Reibekuchen regelrecht, Löffel für Löffel, Gabel für Gabel, überdrüssig langsam heruntergewürgt. Obwohl ihre Rezeptur geschmacklich, ohne Frage, der von Hani gewachsen ist. Lehne das alternativ angebotene Baguette mit Konserven-Entenpastete von vornherein dankend ab.

Gestern Abend. *Danach.* Während des Duschens in ihrer, für das schmale Badezimmer viel zu breiten, alten Badewanne, den von ihr mit penibler Reinlichkeit gründlich gepflegten Raum überschwemmt und halb unter Wasser gesetzt. Weil es keinen Duschvorhang gibt. "Quel dommage!"

~~töten / Lppl / Reh / geadgen / zu / wetden / - / bis / die / Verwesung / die / Gäste / überkomvsche / Nachbarschaft / / / / schrill / / / / uhe / / / / spitz~~

zusammenschrie... Da wurde es mir in meiner braven, typisch deutschen Beam-ten-Mentalität dann doch etwas zu hef-tig. Abwechslung ist schön und gut...

~~Angespuckt / / werden / / wollte / / sie / / auch / nicht / / Jahre / Rücken / ddd / / Dach / dds / er-/ brutalen / quietschende / Lattenrost / wachte / meinet / / dudenin / / adedvdedded / / svsv / weht / einen / Stricn/i/ch / auten / die / Ächnung / / We / tut / ein / pettersée / Kointwe / / Gendet / dann / Kathölisch / Dieb / immer / für / ein / versaute / Fick-Nummer / / / dvisdedddvdd / / / gute / atectig-not-und-danet-gele / Stute / Tät / /~~

~~Hahaha / Nachts / tür / vaguv / und / nachts-/ dettottotigen / Enh-h / zwei / gute / Orgasmen~~ braucht der Mensch. Nicht nur psychisch angeschlagene. Die Frage ist *der* Weg zum kleinen Tod.

Das, und ansonsten allein die gemein-same Liebe zur Musik von *Dépêche Mode* halten nicht über Wasser. "Tant pis." Yvi erscheint mir *nun* (buyer's remorse?) nicht mehr in dem Maß schön oder erotisch begehrenswert, wie ich sie in ihrer fürsorglichen Pädagoginnen-Kümmererinnen-Art und munteren Besorgtheit als auf Dauer anstrengend empfinde. Da ist, anstelle von Dave-Gahan-Songs, das von RTL gesendete Modern Talking Werk *Cheri Cheri Lady*[52] auch nicht angemessener? Ehrlich gesagt, könnte derzeit kein noch so oberflächliches Pariser Laufstegmodel mich ablenken oder dauerhaft aus meinem Tief ziehen.

Meine Welt ist total aus den Fugen geraten. Kopfüber unten. Das einzig positive ist: in OBK gelingt wenigstens das Schreiben im Tagebuch leichter. Wenn schon nichts am Romanentwurf.

Habe ihr gegenüber kleinmütig nichts von den Ereignissen in BB erwähnt. Bisher. Schlechtes Gewissen. Irgendwann wird sie es von jemand anderes erfahren.

52 Lyrics: Dieter Bohlen (1985)

Besser wäre von mir. Bin nicht der beichtende Gideon. Nicht jetzt. Noch nicht.

Überhaupt. Selbst erst wieder auf die Beine kommen.

Vermerk vom 11.03.

Februar

Null Einträge

§ 14

BB, Mittwoch, 11. März 87

Im Flur steht Nepomuk. Sehe ihn, wenn ich abends aus dem Bad komme und durch den Flur schleiche. Verbreitet <u>Angst & Schrecken</u>. Gespenstig. Später steht er am Fußende, wenn ich in meinem Bett liege. Er hat jetzt lange, dünne Beine und lange, dünne Arme. Noch länger, noch dünner als zu Lebzeiten. Aus seinem hohlen Gesicht, mit den wenig ausgeprägten Zügen, ist keine Emotion zu erkennen. Ist er anklagend? Etwa Dankbar? Kann nicht mit ihm sprechen. Er spricht auch nicht mit mir. Schweigend: Der *Zeitreisende*. Hier ist er.

Sobald ich das Hauptlicht einschalte, verschwindet er aus dem Flur. Im Schlafzimmer spüre ich aber weiter seine Anwesenheit. Auch Alkohol ändert nichts. Hilft nichts. Leide ich unter Halluzinationen? Visionen? Unter <u>Verfolgung &</u> <u>Wahn</u>? Vielleicht war Nepomuk gar nicht unerkannt geisteskrank. Sondern ich? Kann in meiner Seelennot nicht einschlafen.

Habe seit dem 18. November nicht mehr am Roman gearbeitet. Wo ist die Diskette? Wünschte, ich könnte die Datei öffnen. Und könnte darin, einfach so, alle, inzwischen von Geisterhand darauf gespeicherten Antworten auf meine offenen Fragen lesen. Vor allem, daß mir von meinen Richtern Attila-Dragan und Goldbube-Nepomuk Absolution, *Freispruch* erteilt würde. Erlösung zugesprochen.

Wieder kalt. War Ende Februar schon mal richtig warm. Bin müde. Kraftlos, habe Hunger. Mittlerweile ungefähr acht oder mehr Kilogramm weniger an Gewicht. Meine Hosen rutschen alle, verzweifelt haltsuchend. *Kann* aber nichts essen.

Mein innerer Gourmet ist getötet. Offensichtlich. Körperlich geht es mir nicht gut. Spüre zudem eine Art von geistigen Ausverkaufs und seelischer Verwesung. Kann man das so nennen? Sicher. Will mein normales, mein langweiliges Leben zurück. Will die Schuld loswerden. Will die Zeit, die Uhr zurückdrehen. Reverso.

Vor ein paar Tagen wähle ich mitten in der Nacht Yvis Nummer. Warum? Weiß nicht. In dem Moment, als ich mit dem rechten Zeigefinger, gerade noch rechtzeitig unerkannt die Gabel hinunterdrücken will, meldet sie sich. Sie hatte sicher schon tief geschlafen. Dennoch war sie beim zweiten Klingeln rangegangen. Ein müdes "Ja. Wer ist da?" Will wortlos auflegen. Zögere. Pause. Warten. Pause. Erneut: "Wer ist da?" Höre mich sagen: "Ich bin's." Was mache ich hier? Bin ich restlos wahnsinnig geworden? Ausgerechnet Yvi. "Du? Dachte ich mir! Was ist passiert? Geht es dir gut?" Weiß nicht mehr, welche ausweichenden Worte ich benutzt habe. "Erzähl mir nichts. Wir kennen uns nicht besonders gut, aber ich habe schon bei deinem Besuch, direkt bei deiner Ankunft gemerkt, daß mit dir etwas nicht stimmt. Du hast nichts gesagt. Brauchst du auch nicht. Aber wenn du willst..." Dünne Ausflüchte von mir. Fadenscheinig. Erwähne S. "Ja, kann mir vorstellen, daß es für dich kompliziert sein muß. Habe dich deshalb *hinterher* in Ruhe gelassen. Schön, daß du dich meldest. Auch, wenn es *jetzt* ist". Sicher zieht sie währenddessen eines ihrer halbschiefen Mundwinkelgrinsen. "Es ist sehr spät. Morgen früh ist Schule. Wir telefonieren dann. Ich melde mich bei dir!" "Abgemacht. Gute Nacht."

Eine Phantasie ist nicht länger eine Phantasie. Was bleibt? Schale Realität und nervige Erinnerung. Eisig-kalte Gegenwart. Abscheu. Pessimismus. Schalte für einen Moment der Zerstreuung das

Radio ein. Nachtprogramm. Sofern ich es richtig deute, singt Laura Branigan in *Self Control*[53], wenn auch möglicherweise ursprünglich von den Autoren in einem komplett anderen Sinn gedacht, meine heutige depressive Situation vor Jahren schon hellseherisch beschreibend: von Mauern durchbrechenden Kreaturen bei Nacht. Von vergeblicher Schauspielerei bei Tag. Von verlorener <u>Selbstkontrolle</u>. Sehr glaubhaft.

Schlimm genug, daß ich mir pausenlos diese Vorwürfe und Gewissensbisse mache. Muß für den Rest meiner Existenz mit dem Unsegen *leben*. Damit leben geht nicht, aber damit klarkommen muß ich. Irgendwie. Meine Reue ist riesig.

Traurig bin ich nicht besonders. Nepomuk war mir dann doch zu *egal*. Falsches Wort. Ich mochte ihn, aber er konnte mir schon sehr auf die Nerven gehen. Um Dragan tut es mir ehrlich leid. Auch, und

---

53 Lyrics: Raffaele Riefoli, Giancarlo Bigazzi, Steve Piccolo (1983)

vor allem für seine kranke Frau, die jetzt alleine ist.

Und M? M kann ich nicht so richtig einschätzen. Sie hat beide Verluste zu verkraften. Dazu noch hochschwanger, von einem, für die Wertvorstellungen ihrer Familie, unseriös-mysteriösen Mann. Im Gewissenskonflikt, ihrer senilen Mutter aus dem fernen Monaco helfen zu *müssen*, zu sollen, doch emotional nicht wirklich zu wollen.

"*Hyäne*. Die *Hyäne* ist überaus wichtig!" So klang es, wenn Dragan über Hygiene sprach. Bettwäsche waschen. Wäre nötig. Wegen der Hyäne. Glaube, mittlerweile habe ich jeden geregelten und gesunden Rhythmus in meinem Leben verloren. In den ersten unrasierten Tagen hatte ich das Gefühl, mehr, besser gesagt, überhaupt nennenswert positive Beachtung von unbekannten Frauen im Vorbeigehen, alt und jung, zu erhalten. Dieser Effekt ist nun ins Gegenteil verkehrt. Absolute Nichtbeachtung. Perfekte Ignoranz. Kein Wunder. Wilder Bartwuchs. Statt täglicher Haarpflege, nur noch, keine Ahnung, sehr selten eben. Zur Tarnung eine, mit einem sandbraunen Schleier und grauen Schmutzrändern versehene, früher mal strahlend persilweiße Baseballcap aus der, Jahre zurückliegenden Zeit wöchentlicher Tennistrainings als permanente private Kopfbedeckung.

Versteht jemand, daß ich nun nicht mehr im mittlerweile ~~verdammt/verschlist/~~ ~~süßen/~~ verachteten **Verkehrsunfallsversicherungsrecht** arbeiten kann und will? Obendrein böse Frist versäumt. Nicht mein erster Fehler in letzter Zeit. Schon ein paar Notfristen verschwitzt. Die Sachen noch mal so hingebogen. Doch diesmal? Weiß genau, daß das Lehrmädchen mir, wie üblich, acht Tage vor Ende der Ausschlußfrist zur Rechtsmitteleinlegung auch diese eine Akte vorgelegt hatte. Geht auf meine Kappe. War und bin wie gelähmt. Die Handakte ist irgendwie von alleine zwanghaft immer weiter nach unten durchgerutscht. Bin von Tag zu Tag weniger in der Lage, klar zu denken. Verliere meine *Alltagskompetenzen.* Und die beruflichen obendrein. **Freigestellt.** **Mir die eigene Kündigung nahe gelegt.** Zwar zwischen den Zeilen, doch mehr als deutlich. *Hey,* warum nur kommt mir Joachim Witts *goldener Reiter*[54] in den Sinn? Dragans schützende Hand nicht mehr über mir. *Sicherheitsnotsignale.* Bin ganz und gar auf mich selbst gestellt. Ginge es nach den alten Kanzleigründern, sollte ich zum (Nerven-)Arzt. Mich krankschreiben lassen. Einerseits kann ich diese Haltung rational verstehen. Andererseits wäre Anwaltsalltag möglicherweise besser, als die ganze Zeit hier zu hocken. *Ewige Sekunden* lang.

Gehe nicht zum Arzt. Aus krankhafter Angst. Will nicht in Psychiatrie. Hoffentlich beantragt keiner einen Vormund.

---

54 *Goldener Reiter* - Lyrics: Joachim Witt (1981)

Niemand meine Entmündigung.

"Eine Aussage kann nicht nur

wahr, falsch oder sinnlos sein,

sondern auch imaginär."[55]

Weiß nicht, wie und warum: dieses Zitat spricht mich an. Sinniere umständlich darüber nach, gelange aber zu keinem spruchreifen Ergebnis. Vernunft? Verstand? Verlegen. Lege die Monographie wieder auf den Stapel auf dem Sofa. Mein LeCorbusier LC3 Sofa war mal ein Dreisitzer. Jetzt bietet es nur noch einen schmalen Platz für eine schlanke Person auf der vorderen, rechten Kante. Sofern man sich denn trauen würde, dort im Unrat Platz zu nehmen. Auf und unter der Couch: von Nepomuk mitgebrachte und von mir ungelesene us-amerikanische GQ-Ausgaben: Obenauf das zerfledderte Mai ´84-Cover mit dem berüchtigten Baulöwen

---

55 Brown, George-Spencer: Gesetze der Form (Laws of Form) (1969)

Donald Trump. Ich blättere durch den Packen Altpapier: Bruce Willis im Oktober und Harrison Ford im November '86, Arnold Schwarzenegger im Juli und Jeff - *Against all odds* - Bridges im Juni, *der* andere Februar-*Neurotiker* Woody Allen, der inzwischen auch schon verstorbene großartige Cary Grant im Januar '86 mit schwarzgerahmter Brille und als Gegensatz mit weißer Fliege: Michael Douglas im Dezember '85 auf dem GQ-Cover.

Zurück zur anderen Geistesgröße: Luhmann. Mathematik. Will wieder tiefer einsteigen. Um mir die nötigen Phrasen, möchte nicht von Kenntnissen schreiben, für die unselige Einbrecher-Zeitreisegeschichte anzulesen.

Meine bleierne Dunkelheit, meine leidvolle Depression hindern mich daran. An allem anderen auch. Was bleibt?

Warten auf einen Sonnenaufgang.

Vermerk vom 20.06.

April

Null Einträge

Vermerk vom 20.06.

Mai

Zero

§ 15

BB, Samstag, 20. Juni 87

Akzeptanz! Selten beschreibt nur ein einzelnes Wort meinen betrübt-bangen Zustand, meine innere Lage so treffsicher. Vom Kater erholt. Auf wundersame Weise. Den <u>Prozeß</u> meines trostlosen Dahinsiechens unterbrochen. Mein sorgenschweres Dahinvegetieren für einen lichten Moment, eine Sekunde pausiert.

Zurück aus der Kirche. Keine richtige Kirche. Die winzige Marienkapelle in Bühl nahe Nepomuks Scheinadresse. Nach einem halben Leben ohne freiwilligen Gotteshausbesuch fühlt es sich nicht seltsam an. Eigenartigerweise. Entgegen meiner Zwangsbefürchtung. Neutral, sofern man das überhaupt so nennen kann. Angenehm warm. Wie das Wetter. Hatte mit beklemmenden Emotionen gerechnet. Negativ. Fehlanzeige. Kann das mystische Erlebnis dennoch nicht abschließend beurteilen.

Blättere in den spärlichen Tagebuch-Aufzeichnungen. Es fehlen einige Seiten. Seiten, die ich in den letzten Monaten offenbar nur in meinem Kopf geschrieben habe. Immer wieder. Unaussprechliche, unaufschreibbare Sätze, die nicht zu Papier gekommen sind. Nicht in Worte zu fassende Gedanken.

"Alle Dinge mühen sich ab:

niemand vermag es auszusprechen;

das Auge wird des Sehens nicht satt,

und das Ohr nicht voll vom Hören."[56]

Die letzten *realen* Seiten hatte ich erst mühsam zu sortieren. Lagen wirr im Sekretär. Kann mich nicht erinnern, sie in Unordnung gebracht zu haben.

Beim eingehenden Suchen rutscht mir

---

56 Prediger 1, 8 (Elberfelder Bibel 1905)

der Ticketgutschein für den versäumten Formel-Eins Grand Prix von Monaco am letzten Maiwochenende in die Hände. Wäre die Beziehung der beiden Geschwister untereinander nicht so wechselhaft und phasenweise angespannt, wäre sicher eine private Unterbringung in Ms Wohnung anstelle des geplanten überteuerten Hotels in Frage gekommen.

Schlage alte Ausgaben der abonnierten FAZ auf, durchblättere das verblasste, billig wirkende Pergament, (das mit seiner ganz eigenen Haptik eventuell nur so bei der *Frankfurter* verwendet wird), um im Sportteil nach dem Bericht zu dem versäumten Rennen zu suchen. Erfahre so beiläufig, daß der FC Bayern nun doch, zum dritten Mal in Folge, Meister ist. Trotz dieser Niederlage im Winter. Und der KSC ist also wieder erstklassig. <u>Aufstieg</u>.

Da ist es: Im Training ein Ferrariunfall. Harter Einschlag in die Strecken-

begrenzung und Feuer! Grausige November-
bilder blitzen auf, und schießen simultan punktgenau durch meinen Kopf. Die
strenge Rennleitung hatte Christian Danner als den allein schuldigen Verur-
sacher ausgemacht und mit seiner Sper-
rung für das Rennen *unverhältnismäßig
hart* bestraft. Aufgrund des Zeitungs-
journalisten-Kommentars und der Sta-
tistik gehe ich von einem eher lang-
weiligen Rennen ohne spektakuläre Über-
holmanöver am Sonntag aus. Sieger Ayrton
Senna.

Seit ungefähr acht Tagen kann ich endlich besser einschlafen. Fast ganz ohne
Hilfsmittel. Schlafe aber nicht durch.
Sehe zum Glück mittlerweile weder Dragan, noch Nepomuk. Auch nicht sonstige,
finster-grimmige Terroristen, dämoni-
sche-makabre Gestalten oder abartig-
schauerliche untote Wesen am Fußende
meines Betts stehen oder schweben. Die
Deckenlampe brennt die ganze Nacht im

Flur. Die Schlafzimmertür bleibt offen. Wie bei einem verängstigten Kleinkind. Ertrage keine geschlossenen Türen mehr. Hemmende Heidenangst und krankhafter Geisterglaube. Das Schlafzimmerfenster ist pausenlos gekippt. Hoffentlich fängt die Außenwandecke nicht an zu schimmeln. *Brauche viel kühle, frische Luft.* Auch nachts. Auch schon vor Monaten im Winter.

Hatte letzten Monat mehrfach wiederkehrend beklemmend geträumt, daß ein Lebewesen, ein Geist im Raum sei. Versuche, mich dann nicht zu bewegen. Kann in der Dunkelheit nur Schatten erkennen. Vermute dann, daß es nur der Schemen meiner, am Bügel hängenden Kleidung ist. Werde plötzlich durch ein leises, aber deutliches Flattergeräusch aus dem Tiefschlaf geschreckt. Denke, es war eindeutig wieder nur einer dieser Paranoia-Alpträume. Aber es ist wirklich *etwas* im Zimmer. Helle Nacht. Sehe mehrfach den beunruhigenden Flügelschlag eines Phantoms, daß sich seinen Weg quer durch mein Zimmer im Flug bahnt. Schalte hektisch die typische TV-Kommissar-Kaiser-Idell-Bauhaus-Schreibtischleuchte auf meinem Nachttisch ein.

Vermute, bei angestrengtem Beobachten der hellen Leere und übermächtigen Stille, daß eine verwirrte Fledermaus sich durch das gekippte Fenster gequetscht und über die Oberkante des Vorhangs in den Raum gelangt ist. Dann wieder: bilde mir gruselnd ein, ihre spitzen Schreie zu hören, während sie tatsächlich wild im Zickzack-Kurs herumflattert. Schiebe die Gardine nach weit rechts, öffne das Fenster ganz. Die verirrte Bestie fliegt zum Glück direkt hinaus. Schließe sorgfältig und schnell das Fenster. Hoffe, daß sich kein weiteres Exemplar hier eingenistet hat. Wer weiß, wie oft diese Biester schon unbemerkt hinter der Gardine, in der Wohnung ihre Tage verbracht haben? Mutmaßungen.

Beim Gedanken daran zucke ich unwillkürlich zusammen. Genauso lässt mich jedes unerwartet lärmige Geräusch von draußen zur Salzsäure erstarren. Meine unsichere innere Stimme peinigt mich mit vagen Vermutungen und unheilvollen Ahnungen. Krankhafte Furcht steigt blitzartig empor bei einer dröhnend zugeschlagenen Autotür, einer knallenden Fehlzündung eines Mopeds, schrillem Kindergeschrei. Alles Geräuschvolle verängstigt und erschreckt mich.

Schwarzseherei. Sofort schießen in meinem Hirn wieder die apokalyptischen Bilder und markerschütternden Geräusche des Unfalls hoch. Bassig-/helles Blech gegen dumpfe Bäume. Schreiendes Metall gegen stumpfes Gestein. Knackendes Holz gegen hundertfaches Geröll. Das alles zu einem bizarr tödlichen Emotions-Cocktail gemischt mit eingebrannten Tagesschau-Sequenzen von irren Attentaten der RAF,

der IRA, der Roten Brigaden, der ETA -
so wie erst der gestrige heimtückische
Bombenanschlag in Barcelona - ausgerechnet dann, daß ich mal wieder den einge-
staubten Fernseher einschalte. <u>Wahnsinn</u>.

<u>Was sonst noch?</u> Im Mai meinen elendi-
gen Audi 80 GLS verkauft. Das dazuge-
hörige, dünne Bargeldbündel Hundertmark-
scheine des Verkaufserlöses liegt noch
auf der Couch. Wahrscheinlich unter dem
Bücherstapel. Das Geschäft umsichtig ab-
seits meiner Wohnung abgewickelt. Vorsichtshalber auf einem Parkplatz am AG
in KA. Nachdem ich ein Tier, etwas
größer als eine Katze, vielleicht einen
Marder oder Fuchs (?) angefahren hatte.
Fast an der gleichen Stelle, diesmal
etwas weiter hinter, statt vor dem
Ortsausgang, an dem damals eine Katze
meinen Weg kreuzte. Nicht angehalten.
Nicht nachgeschaut. Am Auto war später
kein zusätzlicher, neuer Schaden zu

sehen.

Wenn ich nun *wirklich* irgendwohin muß, überwinde ich meine Bedenken vor fremden Fahrern und nehme trotz Scheu ein Taxi.

Vereinbarung mit dem Verbrauchermarkt. Liefern mir montags frische, manchmal koschere Lebensmittel. Stelle das Essen in Schränke in der Küche. Oder im Wohnzimmer. Werfe eine Woche später fast alles weg. Der Wohnraumboden ist bedeckt mit diversen Ausgaben der Zeitung, des wöchentlichen, kostenlosen Anzeigenblatts und seinen beiliegenden Werbeprospekten. *Das gefällt mir.* War da mal Teppich? In meinem Büro in der Kanzlei waren immerhin, bis zuletzt, die direkten Laufwege von Tür zu Schreibtisch und Sitzgruppe aktenfrei.

Schlage jeden Abend ein paar dünne Nägel in die Küchenwand neben dem kleinen Eßtisch. Reihe für Reihe. Hänge daran ganz ordentlich Dinge auf. Wichtige. Schlüssel. Oder Quittungen.

Oder Besteck. Ist dann griffbereit. Wenn ich mal etwas esse. Daß ich nicht schon eher auf diese *geniale* Idee gekommen bin! Das Fett in der Rowenta-Fritteuse ist leider unappetitlich ranzig. Eh keine Pommes im Haus. Aber könnte ja so gut wie alles andere frittieren.

Aus dem Küchenschrank habe ich eine bisher ungenutzte Schublade herausgezogen und im Flur auf den Boden gestellt. Darin sammle ich bis zum Wochenende die Post. Die wichtige! Die unwichtige lege ich (ebenfalls ungeöffnet) daneben. Finde kein ahnungsvoll erwartetes Schreiben der Staatsanwaltschaft. Sonntag werde ich die Briefe öffnen. Wahrscheinlich. Die wichtigsten.

Yvi will mich besuchen kommen. Kann sie unmöglich meine Wohnung - in diesem Zustand - sehen lassen. Und mich. Kann sie kaum noch vertrösten. Will Zeit gewinnen. Biete ihr nächsten Monat an. Dann bei ihr. Hätte viel zu tun.

Zweite Chance?

S antwortet nicht...

SWF3 bringt *Strangelove*[57]. Depeche Modes Singleveröffentlichung aus dem April hebt trotz zwiespältigen Versen über unverzeihbare Verbrechen und Sünden, über Erlösung vom Schmerz und über ein lebenswertes Leben unwillkürlich meine Stimmung in kaum noch gekannte Höhen. Unerwartet, unerhört, frisch und poppig.

---

57 Lyrics: Martin Gore (1987)

Vermerk vom 25.08.

Juli

Nada, niente.

§ 16

BB, Dienstag, 25. August 87

Ein prachtvoller Morgen. Obwohl die
Sonne mal grell da, mal hinter Wolken
verschwunden ist. Die große <u>Hitze</u> der
letzten Tage scheint erst einmal vorbei.
Viele tiefhängende Wolken, die noch mehr
Regen versprechen. Kühle zwanzig Grad.

Es klingelt gerade zum zweiten Mal.
Erwarte niemanden. Öffne nicht. Argwohn.

Habe keine Vorstellung davon, was ich
heute in einem Monat mit mir selbst, mit
meiner beruflichen Arbeit anfangen soll.
Habe es tatsächlich geschafft, den bisherigen Entwurf meines Romans zu lesen.
Überwindung. Wie aus dem nackten Nichts
kam dabei die kreative Idee für die ent-
scheidende Wendung der Geschichte. Hatte
damals *zu linear gedacht.* Habe, denke

ich, die finale Lösung, den *clou* gefunden. Jetzt könnte es endlich schnell gehen und der Roman sich wie von selbst schreiben, wenn ich bloß jeden Tag diszipliniert ein, zwei Stunden dranbleibe.

Kann gar nicht sagen, warum und wie es dazu kam. Es war ein innerer Impuls. Ein Moment der <u>Stärke</u>? Habe ausgemistet, was dringend nötig war. Angefangen mit den kiloschweren, alten, ungelesenen FAZ-Ausgaben. Vom Wohnzimmerboden entsorgt. Jetzt ist der Wohnraum wieder fast leer. Abgesehen von dem klassisch-schwarzen Sofa, davor der klischeehaft skulpturale japanische coffee table mit geschwungener Glasplatte. Rechts neben dem Sofa: zwei, an den Ecken abgestoßene und eingedrückte, schon reichlich ramponierte Baumarkt-Umzugskartons, zuunterst befüllt mit großformatigen Südamerika-Bildbänden, darüber gelegt: dutzende getackerte Bibliotheks-Kopien aus Fachzeitschriften und Monographien. Meine gesammelten Rechercheergebnisse zu meinem *ehemaligen* Lieblingsthema: linksextremer Terror mit seinen politischen Zielen, seinen Anschlägen, seinen Killern, den Tatmitteln, ausgeführte und gescheiterte Mordpläne, usw.

Gegenüber an der Wand neben der Tür: der kleine antike Eichensekretär mit den noblen Intarsien aus Rosenholz, Erbstück meiner Oma. Lust auf Toast Hawaii. Der Commodore dort: funktioniert seit gerade wieder. Ohne, daß ich etwas daran repariert hätte. Einfach so. Magisch.

Schreibe das Tagebuch trotzdem auf meiner inzwischen wieder liebgewonnenen Olivetti aus den Sechziger Jahren. Nur den Roman auf dem PC20.

Die Vorhänge bleiben bis auf weiteres auch tagsüber akkurat vor den Wohn- und Schlafzimmerfenstern. Zusätzlich trage ich, höchst vorsorglich, in der Küche und im Bad meine Persol. Mir ist nicht nach gleißend hellem Sonnenschein.

Unheimliche Angst vor diesen lähmend-
stechenden Migräne-Attacken. Nur nachts
im Schlafzimmer die Scheibe weit auf:
Reiner Sauerstoff. Denn angeblich locken
gekippte Fenster Fledermäuse an. Im Gegensatz zu weit geöffneten. Trotzdem!
Gestern neuer Besuch eines Blutsaugers.
Eigentlich sollte der Vampir sofort seinen Weg wieder durch die Öffnung hinaus-
finden. Völlig verwirrt entschwebt die
große Fledermaus durch das Loch in der
Zimmerdecke. Die steile Stiege entlang.
Hoch auf den Spitzboden. Höre den un-
heimlichen *Todesengel* dort panisch flat-
tern. Holz knarzt. Papier raschelt.
Schalte Licht ein. Warte ab. Steige Minuten später hoch. Sehe kein Flugtier.
Nichts. Will die Dachluke nicht öffnen,
weil es ausgerechnet in diesem Moment
angefangen hat, stürmisch zu regnen. Die
blanke Glühbirne unter dem Dach bleibt
eingeschaltet, in der Hoffnung, daß die
vagabundierenden Seelen der Verstorbenen

Ruhe geben. Sollte *jetzt* gleich mal in Ruhe nachsehen.

Konnte danach nicht mehr einschlafen. Erst halb zwei. Schlafe gegen halb sechs morgens endlich ein. Nur bis kurz nach acht.

Nach den bleichen Zeitungen, auch die verdorbenen Essensreste auf den Müll geworfen. Die schrecklichen Nägel mit meiner rostigen Zange aus der Küchenwand gezogen. Vorhin couragiert sogar ein paar Briefe geöffnet. Beim Aufräumen, im Sekretär ganz hinten, meine alte Kommunionsbibel gefunden und beim Herausziehen sind die Seiten an dieser Stelle im Lukasevangelium aufgeschlagen:

"Und richtet nicht, und ihr werdet nicht gerichtet werden; verurteilet nicht, und ihr werdet nicht verurteilt werden.

Lasset los, und ihr werdet losgelassen werden."[58]

---

58 Lukas 6, 37 (Elberfelder Bibel 1905)

Jemals göttlicher Freispruch von meiner gefühlt immensen <u>Schuld</u>? Neugierig vor und zurück geblättert. Hängen geblieben bei Hiob:

"Doch in einer Weise redet Gott
und in zweien, ohne daß man es beachtet.
Im Traume, im Nachtgesicht,
wenn tiefer Schlaf die Menschen befällt,
im Schlummer auf dem Lager:
dann öffnet er das Ohr der Menschen
und besiegelt die Unterweisung,
die er ihnen gibt,
um den Menschen von seinem Tun
abzuwenden,
und auf daß er Übermut vor dem Manne
verberge; daß er seine Seele zurückhalte
von der Grube, und sein Leben
vom Rennen ins Geschoß.
Auch wird er gezüchtigt
mit Schmerzen auf seinem Lager
und mit beständigem Kampf
in seinen Gebeinen.

Und sein Leben verabscheut das Brot,

und seine Seele die Lieblingsspeise;

sein Fleisch zehrt ab,

daß man es nicht mehr sieht,

und entblößt sind seine Knochen,

die nicht gesehen wurden;

und seine Seele nähert sich der Grube,

und sein Leben den Würgern."[59]

Exakt. Das bin ich! Nach dieser Todes-
botschaft verfolgt es mich noch konfuser
weiter. Von sich erbarmenden und für-
sprechenden Engeln, ist die Rede,

"...sein Fleisch wird frischer sein

als in der Jugend;

er wird zurückkehren

zu den Tagen seiner Jünglingskraft."[60]

Und von Gnade vor Recht! Von Erlösung
der Seele. Fragezeichen über meinem Kopf
schwebend, leicht modrige Duftwolken vom

---

59 Hiob 33, 14-22 (Elberfelder Bibel 1905)
60 Hiob 33, 25 (Elberfelder Bibel 1905)

fleckig altem Papier in meiner Nase.

Nachmittag: Bart frisch rasiert. Meine, in den letzten Monaten unredlich erworbene Nepomuk-Che-Guevara-Frisur im gleichen Atemzug mit der großen Küchenschere gekürzt, und die struppigen Haarreste mit dem Braun-Elektrorasierer auf gänzlich ungewonte, einheitliche Millimeterkürze getrimmt. Wäsche gewaschen und dabei in der Jackentasche die beiden großen Spielbank-Chips entdeckt. Hatte gar nicht mehr daran gedacht. Zwanzigtausend Mark! Was mache ich damit?

Gebe ich sie M? Kaufe ich mich frei? Ablaßhandel? Freiheit von Strafe für meine Schuld? Heute Treffen mit M, zusammen mit ihrem *Killer-Kolumbianer*, um ihre Fragen wegen der Erbschaft - der vorverstorbene Nepomuk hatte anscheinend kein Testament - den Möglichkeiten eines eventuellen Verkaufes der Paradieswohnung und des Bühler Doppelhauses in Ruhe zu beantworten. Wollten zu mir. Leichte bis mittelschwere Paranoia aufgeflackert. Deshalb hastig ausweichend *Café König* vorgeschlagen. Mich im schwachen Moment erneut verplappert. "Tut mir so leid, daß ich Nepomuk nicht von seiner wütenden Raserei, *unserem Rennen* abhalten konnte." Ging M bisher von der halboffiziellen Version aus? Erst kleiner Streit, dann mein schnelles Umdenken, mein väterliches Nachschauen nach dem Sorgen-Patenkind. M hat am Telefon nicht darauf reagiert. Vielleicht hat sie mein leises Halbsatz-Geständnis in ihrer oberflächlich-hektischen Art gar nicht bemerkt?

So sollte in Unrechtsstaaten die ultimative Henkersmahlzeit schmecken um die Todespanik zu mildern - genußvoll und ohne Eile gegessen: Wiener Schnitzel, muskatige Kroketten, eine pfeffrig marinierte Salatmischung aus Endivien- und Kopfsalat mit Tomate und Gurke. Ein ex-

tra großes, extra süßes Stück Bienen-
stich. Wieder bei Juna und Hani. Haben,
glaube ich, ihren Augen nicht getraut,
mich zu sehen. Mich wieder zu sehen?
Oder mich *so* zu sehen? Unbehagen. Auszu-
halten. Starrten mich erst an wie einen
Fremden.

Unter großen Schirmen, an der noch
feuchten Luft, an den Holztischen vor
der Konditorei neben Hanis Gasthaus
saßen einige Rentner sowie eine junge
Familie: drei unbekümmert quengelnde
Kindergarten- und Grundschulkinder, ein
meckernder Vater und eine genervt mit
den Augen rollende Mutter. Ein unorgani-
siertes Ensemble, vom Zufall zu einem
bunten Gruppenbild arrangiert. Rieche
den Duft von Torten. Sehe durch meine
simpel schwarze Dave-Gahan-Stil-Sonnen-
brille (für eine wirklich coole mit ver-
spiegelten Gläsern fehlt mir Mode-Mut):
Quarkmousse aus Rharbarber, Johannisbee-
re und Stachelbeere, sowie Heidelbeere-

Brombeere-Cremeschnitten. Pure Delikatessen. War drauf und dran, mich *spontan* an einen freien Platz zu setzen und unmittelbar nach dem Juna-Dessert hier ebenfalls noch etwas zu bestellen. <u>Nachholbedarf</u>. Der jähe Knall reißt mich aus meiner kurzen, kulinarischen Tagtraum-Trance. Zucke zusammen. Vom Gerüst auf der Baustelle um die Ecke ist wohl *nur* ein großes Metallteil heruntergefallen und hart auf dem Asphalt aufgeschlagen.

Meine Schreckhaftigkeit ist exponentiell angestiegen. Bis hin zu absurden Wahnvorstellungen? Oder ist mein Leben bedroht? Weiß Gott?

Ertrage die Terror-Berichterstattung nicht mehr. Halte die Negativität nicht mehr aus. Spätestens seit mich die Horrorbilder in der Realität und tagsüber in meiner Phantasie- und nachts in meiner Traumwelt eingeholt haben. Früher wollte ich jedes Detail recherchieren zu den Anschlägen, zu den mutmaßlichen Tä-

tern, zu den Opfern, zu den Hintergrün-
den. Wollte unbedingt die Motive der
deutschen und internationalen linksextremen Terrorgruppierungen und -vereini-
gungen ermitteln. Wollte Lösungen. Wollte Gerechtigkeit. Alles vorbei!

Alles umgeschlagen. Um hundertachtzig
Grad. Blicke auf die Reverso. Schnell
noch die gestern erschienene Single
Never Let Me Down Again gekauft. Bernd,
der Plattenladenmann, legte mir ein
pressfrisches Exemplar zur Seite, obwohl
er mich fast ein halbes Jahr nicht mehr
gesehen hatte. Die zuvor veröffentlich-
ten Depeche Modes, die ich bisher nur
aus dem Radio aufgenommen hatte, auch
eingepackt.

Überlege, mir demnächst einen CD-
Spieler zu kaufen. Kann mich aber nicht
von der analogen Welt trennen. Noch
nicht. Bin noch nicht bereit, um mit der
Moderne zu gehen.

Spüre den Schlafmangel. Müde. M sollte

jetzt eigentlich schon ihren Nachwuchs haben? Hat aber nichts von ihrem Baby erwähnt. Mir diese Dragan-Information nur eingebildet? Jedenfalls würde sie nun doch gerne ihre Mutter mit zu sich nach Monte Carlo nehmen.

Und ich solle auch mal ein paar Tage zu Besuch kommen und mich erholen, etwas ausspannen. Hier im Schwarzwald habe ihre Mutter ja niemanden mehr aus der Familie und sie erkenne auch sonst keine Besuche wieder. Egal, ob Bekannte oder enge Freunde.

Kann mir nicht vorstellen, daß M das ernsthaft möchte. Mich zu Besuch? Eher ein Scheinangebot? In einer knappen Stunde werden wir uns treffen. Bin irgendwie gelassen und doch nervös. Einmalig seltsames Gefühl. *Tempus fugit.* Werde sie fragen, wo Nepomuk beerdigt ist. Fühle mich inzwischen stark genug, beide Gräber zu besuchen. Mich dem Friedhof zu nähern.

Während ich diesen Eintrag schreibe und das Bibelzitat von heute früh abtippe, höre ich für ewige Sekunden, sicher zum achten Mal hintereinander, den neuen Song. Sehr eingängig. Sowohl Melodie, als auch die himmlisch-raffinierten Lyrics, die ich beinahe schon auswendig kann.

Never Let Me Down Again[61] springt direkt zwischen meine Ohren. Martin Gore textet besser als ich.

Besonders das vermeintlich prophetische Ende sticht heraus: *Everything's alright tonight* – Heute abend wird alles gut sein. Könnte akzeptieren, es als Motto zu übernehmen. Will keine Anschläge mehr. Keinen Terror. Keine Morde. Keine Toten. Keinen Verfolgungswahn. Nur noch schöne Seiten.

Wenn die Arbeit an meinem Zeitreiseroman womöglich schon nächsten Monat erfolgreich beendet sein wird, könnte ich eine Dokumentation über Depeche Mode

---

61 Lyrics: Martin Gore (1987)

beginnen ---

Halt! Brüste dich nicht damit, was du morgen vorhast. Du weißt nicht, was der heutige Tag dir noch bringen wird![62]

ⅢⅪⅩⅠⅮⅡⅬⅬⅠⅮⅩⅡⅮⅩⅼⅡⅩ ⅭⅩⅮⅩ ⅫⅮⅡⅭⅭⅩ ⅩⅮⅬⅮⅩⅡⅩⅪⅮⅡⅩⅪⅩⅡⅬⅮⅩⅫ

ⅢⅩⅫⅫⅫⅮⅩⅫⅩⅫⅫⅮⅬⅠⅮⅡⅩⅫⅩⅫⅩⅡⅩⅡⅢⅫⅩⅫⅭⅫⅬⅠⅮⅬⅮⅡⅩⅫⅫⅬⅮⅫⅩ

Service-Anhang

Rezept von Juna:
Mein Lieblings-Käsekuchen

<u>Für den Teig:</u> 250g Mehl, 125g Zucker, 125g Butter, 1 Ei, 1 Pck Vanillezucker, 1 Tl Backpulver, Prise Salz.

<u>Für die Füllung:</u> 1000g (Mager-)Quark, 250g Zucker, 1 Pck Vanillezucker, 1 Pck Vanillepuddingpulver, 4 mittelgroße Eier (für Eischnee), nach Belieben Saft einer Zitrone und Zitronenschalenabrieb.

<u>Zubereitung:</u>
1.) Teig für den Boden kneten und in einer 28er-Springform verteilen und bis zum Rand hochziehen.

2.) Zutaten (auch Puddingpulver ungekocht) für die Füllung vermischen. Die Quarkmasse in die, mit dem Teig ausgekleidete, Springform geben.

3.) Im vorgeheizten Backofen bei 200 Grad ungefähr 60-70 Minuten backen.

Diskographie

Branigan, Laura *Self Control*, '84 ...
    S. 169

Boney M. *Bahama Mama*, '79 ... S. 145

Boney M. *Daddy Cool*, '76 ... S. 61

Boney M. *Little Drummer Boy*, '81 ...
    S. 125

Boney M. *Nightflight to Venus*, '78 ...
    S. 104

Depeche Mode *Everything Counts*, '83 ...
    S. 132

Depeche Mode *Just Can't Get Enough*, '81
    S. 51

Depeche Mode *Lie To Me*, '84 ... S. 122

Depeche Mode *Never Let Me Down Again*,
    '87 ... S. 200, 202

Depeche Mode *Oberkorn (It's A Small
    Town)*, '82 ... S. 148

Depeche Mode *Strangelove*, '87 ... S. 187

Depeche Mode *The Meaning Of Love* '82 ...
    S. 148

DÖF *Codo ...düse im Sauseschritt* '83 ...
    S. 84

Eurythmics *Sweet Dreams (Are Made of
    This)* '83 ... S. 88

Modern Talking *Atlantis Is Calling
    (S.O.S. For Love)* '86 ... S. 146

Modern Talking *Cheri, Cheri Lady* '85 ...
    S. 162

Modern Talking *You're My Heart, You're
    My Soul* '84 ... S. 17, 111

Modern Talking *Geronimo's Cadillac* '86
    S. 65

Modern Talking *You Can Win If You Want*

'85 ... S. 83
Tears for Fears *Shout!* '84 ... S. 147
Witt, Joachim *Der goldene Reiter* '81 ...
    S. 172
Yello *Bostich (N'Est-Ce Pas)* '80 ...
    S. 34

Personenregister

Allen, Woody ... S. 174
Attila, sog. Hunnenkönig ... S. 55
Baader, Andreas ... S. 28
Bohlen, Dieter ... S. 17, 65, 83, 111,
    147, 162
Bond, James ... S. 17, 49
Benson, Steve ... S. 111
Besse, Georges ... S. 82
Braunmühl, Gerold von ... S. 28
Bridges, Jeff ... S. 174
Brown, George-Spencer ... S. 173
Carré, John le ... S. 28
Cha, Bum Kun ... S. 38
Clark, Vince ... S. 51
Curtis, Tony ... S. 66, 72
Danner, Christian ... S. 19, 180
Dohnanyi, Klaus von ... S. 63
Douglas, Michael ... S. 174
Dutschke, Rudi ... S. 102
Dwyer, Budd ... S. 149
Ferrari, Alfredo "Dino" ... S. 66
Ferrari, Enzo ... S. 66
Fibonacci, Leonardo ... S. 31
Ford, Harrison ... S. 174

Gahan, Dave ... S. 162, 198

Goethe, Johann Wolfgang von ... S. 34

Götz, Falko ... S. 38

Gore, Martin ... S. 51, 122, 132, 187, 202

Gott ... S. 23, 43, 102, 144, 177, 194, 199

Grant, Cary ... S. 112, 174

Guevera, Che ... S. 42, 196

Fleming, Ian ... S. 16, 49

Hartmann, Frank ... S. 38

Hammett, Dashiell ... S. 28

Kohl, Helmut ... S. 149, 150

Kohr, Harald ... S. 37

Lauda, Niki ... S. 73

Lennox, Annie ... S. 88

Lessing, Gotthold Ephraim ... S. 34

Luhmann, Niklas ... S. 23, 174

Mansell, Nigel ... S. 19

McQueen, Steve ... S. 73

Meier, Dieter ... S. 34

Meinhof, Ulrike ... S. 28

Moore, Roger ... S. 68, 72

Niven, David ... S. 34

Oma ... S. 53, 191

Piquet, Nelson ... S. 20

Prost, Alain ... S. 19

Rumpelstilzchen ... S. 92

Scarface - Tony Montana ... S. 51, 75, 137

Schiller, Friedrich ... S. 34

Schmidt, Helmut ... S. 150

Scholl-Latour, Peter ... S. 28

Schrödinger, Erwin ... S. 23

Schwarzenegger, Arnold ... S. 174

Senna, Ayrton ... S. 20, 180
Strauß, Franz Josef ... S. 150
Teusch, Christine ... S. 146
Trump, Donald ... S. 174
Tyson, Mike ... S. 89, 112
Wigner, Eugene Paul ... S. 23
Willis, Bruce ... S. 174

Sachregister

1. FC Kaiserslautern ... S. 37, 38, 41
Afri-Cola ... S. 71
Allerheiligen ... S. 33, 37
ARD-Tatort ... S. 80
Audi 80 GLS ... S. 78, 80, 94, 95, 103,
    107, 153, 184
Bayer Leverkusen ... S. 38
Bayern München, FC ... S. 38, 179
Barbour ... S. 140
Bibel ... S. 55, 87, 88, 90, 128, 129,
    133, 134, 146, 178, 193, 194, 195,
    203
BMW M3 ... S. 67
Braun-Elektrorasierer ... S. 196
Bundestagswahl ... S. 150
Buß- und Bettag ... S. 81
Cali-Kartell ... S. 51
Campari ... S. 13
Camel Trophy ... S. 76
Champagner ... S. 86, 114, 130, 131
Chanelkostüm ... S. 24
Citroën 2CV Ente ... S. 67
Commodore PC20 ... S. 15, 148, 191

Die 2 - The Persuaders ... S. 66, 72

Edding ... S. 44

Eszet-Schnitten ... S. 46

ETA ... S. 184

FAZ ... S. 179, 190

Ferrari Dino 246 GTS ... S. 66, 68, 71,
    78

Formel-Eins ... S. 19, 71, 76, 179

Gin Tonic ... S. 13

GQ ... S. 173, 174

Hitchcock Orangensaft ... S. 13

Homburg, FC ... S. 37

IRA ... S. 184

Jaeger-Le Coultre Reverso ... S. 154,
    155, 167, 200

John Player Special ... S. 76

Jura ... S. 26, 39

Kaiser-Idell Tischleuchte ... S. 182

Karlsruher SC ... S. 37, 179

Kassettenradio Becker Mexiko ... S. 17,
    79

Le Corbusier ... S. 173

Lotus-Honda ... S. 76

McLaren-TAG Porsche ... S. 19

Mercedes-Benz 500SL ... S. 127

Medellín-Kartell ... S. 51

Medizin ... S. 39

Moleskine ... S. 59, 148

Neujahr ... S. 139

Nobelpreis ... S. 31

Olivetti ... S. 148, 191

Omega Speedmaster ... S. 46, 155

Persol ... S. 145, 191

Peugeot 205 ... S. 65

Pferde-Rennbahn ... S. 54, 117, 129,

131, 132

Pharmazie ... S. 39

Porsche 911 Carrera Cabriolet ...
        S. 126, 127

Porsche 928 ... S. 75

Porsche 944 ... S. 75, 77, 92, 103

RAF ... S. 61, 119, 183

Renault ... S. 82

Rolex GMT Master ... S. 47

Rolex Explorer ... S. 49

Rote Brigade ... S. 184

Rotwein ... S. 14, 35, 140

Rothaus Tannenzäpfle ... S. 70, 77

Rowenta-Fritteuse ... S. 186

RTL ... S. 162

Saab 99 ... S. 126

Saab 900 ... S. 126

Sartorius ... S. 15

Schalke, FC ... S. 38

Schneider 24-Nadeldrucker ... S. 15

Schönfelder ... S. 15

Silvester ... S. 135, 140

Soehnle-Waage ... S. 118

Spiegel, der ... S. 36

St. Pauli, FC ... S. 44

Suzuki SJ ... S. 156

SWF3 ... S. 33, 79, 125, 187

Taittinger ... S. 57

Telefunken-Weltempfänger ... S. 61

Toast Hawaii ... S. 53, 191

USM Haller ... S. 61, 63

Valensia Orangensaft ... S. 13

Vernissage ... S. 46

VfB Stuttgart ... S. 37

Volkswagen Golf Memphis ... S. 156

Volkswagen Scirocco ... S. 64
Waldhof Mannheim ... S. 37
Wehrmacht ... S. 39
Williams-Honda ... S. 19
Zakspeed ... S. 20
Zufall ... S. 26, 27, 130, 198 *Zufall?*
Die Ziffer des Totschlags-Paragraphen im
StGB entspricht der Gesamtseitenanzahl
des Buchs und die aktuelle Seitenzahl
211 entspricht dem "Mord"-§

Ortsregister

B500 ... S. 52, 74, 97, 99
Baden-Baden, Casino ... S. 14, 17, 18,
     42, 43, 44, 56, 64, 82, 95, 112,
     113, 114, 117
Baden-Baden, Café König ... S. 24, 157,
     197
Barcelona ... S. 184
Berlin ... S. 29
Bonn ... S. 28, 150
Bühl ... S. 63, 153, 177, 196
Côte d'Azur ... S. 126
DDR ... S. 29
Déifferdeng ... S. 152
Frankfurt ... S. 60
Frankreich ... S. 46, 129
Genfer See ... S. 29
Geroldsau ... S. 94, 110
Grenada ... S. 36
Güdingen ... S. 129
Hamburg ... S. 60, 63, 80

Heidelberg ... S. 39
Hockenheim, Rennstrecke ... S. 20
Iffezheim ... S. 117, 127
Kaiserslautern ... S. 37
Karlsruhe ... S. 46, 56, 156
Köln ... S. 60
Lausanne ... S. 60
Le Mans ... S. 73
Libanon ... S. 22, 51, 75
Lichtental ... S. 42, 92
Luxemburg, Oberweis ... S. 156, 159
Mehliskopf ... S. 74, 77, 102
Memphis ... S. 56, 109, 121, 146
Metz ... S. 153
Monaco, Monte Carlo ... S. 71, 119, 126,
     138, 170, 179, 201
Mummelsee ... S. 52, 74, 77, 96, 104,
     105, 114
München ... S. 40, 60
Neckarsulm ... S. 94
Nickersberg ... S. 103
Nizza ... S. 126
Nürburgring ... S. 73
Oberkorn ... S. 56, 148, 161
Oberweier ... S. 64
Oos ... S. 49
Paradies ... S. 116, 196
Paris ... S. 82, 162
Schwanenwasen ... S. 101
Schweden ... S. 66
Sowjetunion ... S. 47
Straßburg ... S. 153
Tübingen ... S. 39
Tschechoslowakei ... S. 131
Unterstmatt ... S. 104